LES INVITÉS DE MARC

TIPHAINE DU BOŸS

LES INVITÉS DE MARC

BOUQUINS

roman

92, avenue de France 75013 Paris
ISBN : 978-2-38292-407-5
Dépôt légal : janvier 2024

Partie I

OCTOBRE LA NUIT

« Par une froide journée d'hiver un troupeau de porcs-épics s'était mis en groupe serré pour se garantir mutuellement contre la gelée par leur propre chaleur. Mais tout aussitôt ils ressentirent les atteintes de leurs piquants, ce qui les fit s'écarter les uns des autres. Quand le besoin de se réchauffer les eut rapprochés de nouveau, le même inconvénient se renouvela, de sorte qu'ils étaient ballottés de çà et de là entre les deux maux jusqu'à ce qu'ils eussent fini par trouver une distance moyenne qui leur rendît la situation supportable. »

Schopenhauer, *Aphorismes sur la sagesse dans la vie.*

Prologue

0 h 25. Avenue Bugeaud. Troisième étage.

La porte se referme en silence.

La soirée m'a recrachée sur le palier comme un noyau d'olive. Sans sourciller, j'ai vidé les lieux. J'ai déclaré forfait. À présent, je regrette de m'être inclinée. Briser verres et bouteilles, punir, détruire, voilà qui n'aurait pas manqué de panache. J'aurais dû faire valser le battant, envoyer valdinguer le pan de bois. Les murs en auraient tremblé ; acte dramatique, à la hauteur de la rancœur qui m'anime.

Au lieu de cela, j'ai quitté la fête à pas de loup. Je me suis effacée sans un *au revoir*, un coup d'œil par-dessus l'épaule à l'affût d'un mot, d'un geste, je ne sais pas. Personne ne m'a prêté attention. J'ai passé mon manteau dans l'indifférence générale. Le couloir était bâché comme un macchabée. Un instant encore j'ai écouté la musique, l'éclat des rires, le crachat des baffles puis, écœurée, j'ai attrapé mes mocassins et, les chaussures à la main, une bouteille coincée sous le bras, j'ai filé à l'anglaise dans un feulement de plastique. J'ai repoussé la porte de l'appartement. La rumeur de la fête s'est étouffée dans un râle. La minuterie s'est enclenchée. La serrure a cliqueté. Ensuite, plus rien.

Plus rien si ce n'est moi, là, debout sur le palier, le front moite, les doigts glacés, la cuisse en sang. La douleur irradie ma blessure. Plus bas, au travers de mon collant, deux orteils exhibent leur extrémité grotesque. Je les agite mollement. La colère retombe. Persiste le sentiment du gâchis : toute cette attente, pour ça.

1.

19 h 45. Rue des Trois-Frères. Sixième étage.

Charlie nous a donné rendez-vous à 20 heures et la soirée débute chez elle, dans un studio du 18e arrondissement. J'ai quinze minutes d'avance. Elle m'ouvre en soutien-gorge, une serviette enroulée autour du crâne, un bol d'une pâte laiteuse à la main, le shampoing qu'elle fabrique maison. Presque malgré moi, je lorgne ses seins. Je suis soulagée d'être arrivée avant les garçons.

« Sers-toi, Léonore, me lance-t-elle en enfilant un gilet de grosse maille. Gaël va bien ?

— Il t'embrasse. »

Deux ramequins de tapenade trônent sur la table basse. J'ai apporté une bouteille de rouge et du jambon cru. Le vin, médiocre, m'a coûté quatre euros trente-huit chez Carrefour City. L'étiquette fait illusion. Charlie n'y connaît pas grand-chose en œnologie.

Elle salue son apparition d'un claquement de la langue, et déjà Jeanne toque à la porte. Vingt heures sonnantes et trébuchantes, Jeanne ponctuelle, toujours. Ses épais cheveux roux sont noués en chignon. Sa droiture, sa lisibilité me réjouissent. Elle observe la pièce exigüe et se fend d'une platitude sur le charme des mansardes. Une odeur fumée se diffuse autour de nous lorsqu'elle entreprend de dresser la charcuterie dans un plat. Charlie fronce le nez. Il y a trois ans, le documentaire *The End of Meat* lui a ouvert les yeux. Elle dédaigne la viande depuis.

Axel débarque trente minutes plus tard.

« Mathis n'est pas avec toi ? m'étonné-je.

— T'inquiète, on le rejoint plus tard. »

Je suis soulagée : ce soir encore, nous nous retrouverons tous les cinq, au complet, comme avant.

Charlie, Jeanne, Axel, Mathis et moi nous sommes rencontrés en école de commerce. C'était il y a dix ans déjà, une éternité. Le hasard nous a placés dans la même classe où, au-delà des obligations scolaires, nous avons commencé à nous fréquenter. Charlie dégageait une assurance naturelle qui m'a immédiatement obsédée. Elle postulait alors à la Junior-Entreprise avec Axel et Mathis. Les élections de novembre ont entériné la défaite de leur liste et la victoire de notre amitié. Jamais je ne leur ai avoué avoir voté contre eux.

Je craignais que, propulsés au sein de l'une des associations les plus populaires de l'école, ils ne se détournent de moi. Jeanne a croisé ma route à ce moment-là. J'ai apprécié sa simplicité et tous les cinq, nous avons partagé nos premières victoires, nos premiers échecs, une sorte de parcours initiatique. Les épreuves unissent davantage que la réussite. Cela explique sans doute pourquoi nous sommes devenus si proches dès le départ, et pourquoi ce samedi, les esprits se sont si vite échauffés.

« Champagne ! », s'exclame Axel, la porte d'entrée à peine franchie.

Il jette son manteau dans notre direction. L'imperméable s'affaisse contre l'accoudoir du canapé-lit tandis qu'il exhibe la bouteille, sa sacoche pendue à l'épaule. L'humidité corne les coins de l'étiquette. Le bouchon saute.

« J'ai des courbatures à force de trinquer à tes succès. Qu'est-ce qu'on fête, encore ? »

Axel s'affale sur le sofa.

« J'ai liquidé mes crypto-monnaies. Mais, surtout, je quitte le conseil !

— C'est la crise de la trentaine ? le taquiné-je. T'envoies tout balader pour ouvrir un café solidaire ? »

Charlie me lance un regard noir.

« Jamais de la vie, s'esclaffe-t-il. Je bouge en finance, comme Mathis. »

Axel et moi travaillons tous les deux dans le même cabinet. Je le soupçonne de jalouser l'aisance de Mathis, le prestige que lui confère sa carrière en banque d'investissement. Les signes extérieurs de richesse dans lesquels Axel se vautre peinent à juguler ce complexe. Il joue au golf, collectionne les montres, commande des vins hors de prix dans les clubs branchés. Ses excès seraient ridicules s'il les consommait en solitaire, mais il nous embarque volontiers et, dans son sillage, assises à l'arrière d'une limousine clinquante ou sur la banquette d'une boîte huppée, les filles et moi nous contentons d'un soupir amusé : *sacré Axel.*

Jeanne étale de la tapenade sur des tartines grillées. Charlie siffle son champagne, avant de s'incliner dans une révérence moqueuse. Les dernières gouttes d'alcool me giclent au visage.

« Félicitations Axel, tu restes à la solde du grand capital ! »

Elle a quitté son poste en marketing l'année précédente. Ce coup d'éclat l'astreint, considère-t-elle, aux prises de position radicales. Elle fustige nos velléités carriéristes, les gentils petits soldats que nous sommes devenus. La plupart du temps, ses bravades m'attendrissent. Charlie a tout plaqué, rien reconstruit. Pas étonnant qu'elle éprouve le besoin de conforter ses choix. Depuis peu, son assurance m'agace. La quête de sens dont elle se fait l'apôtre m'apparaît de plus en plus légitime. J'étouffe dans mon rôle de jeune cadre dynamique, mais Charlie condamne le confort de vie auquel j'aspire et, faute d'alternative modérée, je sacrifie mon épanouissement personnel à la sécurité financière. Mes convictions oscillent quelque part entre les siennes et celles d'Axel. Les huîtres que je m'offre aux beaux jours en terrasse exhalent des arômes amers.

J'expie mes contradictions d'une répartie mesquine.

« Charlie a raison, Axel. Tu devrais prendre exemple sur elle.

— Qui veut un toast ? m'interrompt Jeanne.

— Explique, Léo », m'encourage-t-il en s'emparant d'une tartine.

Il est suspendu à mes lèvres. J'aimerais prolonger ce moment mais déjà Charlie s'impatiente, elle me met au défi de poursuivre. Axel détourne les yeux.

« Elle contribue à la mise en place d'un nouvel ordre mondial, grâce aux trois boutures d'érable qu'elle a plantées au parc de Sceaux.

— Au moins j'essaye de changer les choses », se défend-elle, vexée.

Son engagement s'est d'abord traduit par un projet de végétalisation de l'Île-de-France, abandonné au profit de la permaculture puis de l'hébergement des réfugiés. Ces tentatives n'ont débouché sur rien sinon une liaison décevante avec le responsable d'un tiers-lieu. Fauchée, Charlie est retournée habiter chez ses parents. Elle réemménage tout juste à Paris, bien décidée à sauver sa vie sociale, quitte à le faire dans ce studio crasseux sous-loué à un cousin lointain. Deux Velux s'ouvrent sur les toits de la capitale. La soirée fait office de crémaillère ; Jeanne a apporté des chocolats.

« Alors c'est ici que tu vas vivre, tente-t-elle justement pour faire diversion. J'aime bien la déco. Tu restes longtemps ?

— Ça dépend », répond Charlie sans préciser de quoi.

L'unique ornement de la pièce tient dans un ficus maigrichon. Pour le reste, les meubles sont fonctionnels et les efforts de Jeanne, touchants. Elle applique le protocole à la lettre. Après le cadeau, viennent les compliments puis le tour du propriétaire, mais puisque l'appartement ne compte qu'une pièce, j'estime le sujet clos.

« Alors Axel, c'était ça, la grande nouvelle ? Ta démission ? »

Il secoue la tête. Quinze jours plus tôt, Mathis et lui nous ont adressé une invitation sibylline, nous sommant de réserver notre soirée. Ni le procédé, ni le ton formel ne correspondaient à leurs habitudes. Aucun n'a consenti à nous livrer la moindre explication. Axel s'est borné à une liste de superlatifs. Il nous a promis une rencontre inoubliable, des révélations incroyables. Aussi ai-je éprouvé une vague déception lorsqu'il a proposé que nous nous rejoignions chez Charlie. Ce studio me semble bien étroit pour un si grand moment.

« Raté, Léo, sourit-il. Patience. Tu vas halluciner. »

Il jubile. Deux semaines que je tente de percer le mystère et me heurte à son exaspérante satisfaction. Je refuse de lui donner à nouveau ce plaisir.

« Au fait Charlie, je suis passée au parc de Sceaux ce week-end. Tes boutures sont mortes. L'association ne vous a pas expliqué comment vous en occuper ? »

Elle me toise, perplexe. Le noyau d'olive qu'elle mâchonnait atterrit dans l'assiette du jambon. J'ignore pourquoi je m'escrime à la provoquer.

« Et toi Léo, comment vont les gens que t'as virés ? »

Jeanne me tend le bol des tomates cerises. J'en porte une à ma bouche, qui éclate et projette une large giclée de jus vers le canapé.

« Je suis chef de projet, pas directrice des ressources humaines.

— Des projets de réduction des coûts. On sait ce que ça veut dire.

— Elle n'a pas tort, admet Axel en reluquant sa Breitling. Léo, savoure ton passage sur cette terre car ensuite, t'iras brûler en enfer !

— Bon, c'est pas bientôt fini ? »

Jeanne tape dans ses mains à la manière d'une institutrice. Elle rassemble les assiettes sales, y fait glisser les miettes de pain et les tiges des tomates. Charlie pose un genou à terre en gage de pénitence.

« Pardon, Léo, d'avoir remis en cause ta contribution au progrès social. Axel, je me réjouis que la finance mondiale puisse compter sur toi. »

Un rire abrège son simulacre. Charlie se redresse, Axel l'enlace et Jeanne applaudit l'étreinte. La bouteille de champagne est déjà vide.

Dehors, l'obscurité est tombée sur la ville. Je m'approche du Velux pour m'en griller une et Axel me rejoint. Il lance un regard à la ronde.

« Je vais te dire un truc, Léo. Promets-moi de ne rien répéter. »

Je m'approche, les yeux brillants. Axel jouit de son effet, puis, après avoir constaté que les autres se trouvent à portée de voix, comme s'il pouvait en être autrement dans un studio de dix-neuf mètres carrés, il chuchote :

« J'ai été débauché par une boîte américaine, un géant de l'agroalimentaire. J'ai pas le droit de révéler le nom tant que le contrat n'est pas signé mais c'est vraiment un *big deal.* »

J'expire un nuage pâle. Le vent me retourne la fumée en pleine face. J'espérais découvrir ce qui nous réunit ce soir mais une fois encore, il ne s'agit que de carrière et d'égo. L'enthousiasme d'Axel me renvoie à mon manque d'ambition. Dépitée, je l'invite à poursuivre.

Il s'enflamme. Évoque la rigueur du processus de recrutement, la fraîcheur de ce nouvel écosystème, plaisante même : « Tu sais, parce qu'ils vendent des produits frais ». Il a reçu l'offre la veille. Les bureaux étaient vides, le technicien de surface terminait sa tournée dans l'open space baigné d'une lumière pourpre. Axel aime agrémenter ses récits de ce genre de détails. Le rouge est la couleur de l'amour autant que du désastre.

« Mon futur boss a fait un MBA à Stanford, se réjouit-il. J'ai un doute sur le salaire en revanche. Tu me diras ce que t'en penses, c'est un gros poste, faut être gourmand. Ah, attends. Ça sonne ! »

Axel jette sa cigarette dans la nuit. Sans attendre ma réponse, il se détourne de la fenêtre et s'empare de l'iPhone qui vibre sur la table basse. L'écran affiche 21 h 15. Dans le coin cuisine, Jeanne empile les assiettes. Charlie a disparu dans la salle de bains.

« C'était Mathis, déclare-t-il après avoir raccroché. Ça vous branche une petite fête en l'honneur de Marc ? »

Axel a déjà enfilé sa veste. Il opère comme s'il s'agissait d'une invitation fortuite mais ses cheveux gominés, sa barbe nette et sa tenue soignée trahissent une préparation minutieuse. Nous y voilà, je songe. Sacré Axel.

« C’est qui ? demande Jeanne.

— Tu verras. Vous en dites quoi ? »

Charlie, toujours à l’affût de nouvelles rencontres, piaffe d’excitation. Jeanne abandonne sa vaisselle. J’aurais préféré que Mathis nous rejoigne ici, que nous restions entre nous encore un peu, mais déjà Axel ferme le Velux et Charlie éteint l’halogène. La pénombre accentue le dépouillement du studio. Les restes du jambon dégagent une odeur âcre. J’observe la moquette râpée, le canapé maculé de taches, et me lève à mon tour. À quoi bon ? L’immuable scénario se répète d’un week-end à l’autre. Nous nous retrouvons pour un apéro, l’un des garçons suggère de poursuivre la soirée ailleurs, Charlie ne se fait pas prier. Jeanne et moi déclinons parfois, mais le plus souvent nous suivons les autres qui nous embarquent dans une célébration quelconque, le bonus d’un collègue de Mathis, l’anniversaire d’une conquête d’Axel, le vernissage d’un galeriste obscur, n’importe quoi qui agrège une foule prétentieuse et un lieu tape-à-l’œil, dans lequel nous nous disloquons lentement. Axel et Mathis s’éclipsent avec leurs amis. Jeanne rentre tôt. Charlie avec un type qu’elle ne rappelera pas et moi, livrée à moi-même, j’enchaîne les gin-tonics pour me donner une contenance. Ainsi se consument les nuits ; parce qu’on ne change pas les gens, et qu’ils ne nous changent pas.

Axel s'étire sur le canapé-lit. Peut-être a-t-il perçu mes réticences car il pose la main sur mon épaule, un contact censé être réconfortant mais qui m'oppresse.

« Dis à Yasmine de nous rejoindre, si tu veux.

— Je sais même pas où on va.

— Avenue Bugeaud, dans le 16ᵉ. Rien que l'appart vaut le détour. Tu vas adorer. »

J'ai rencontré Yasmine en primaire. Elle s'entend bien avec les autres qui l'intègrent volontiers. J'attrape mon téléphone, puis me ravise.

« Elle n'est pas dispo. Elle garde son frère.

— C'est ça ouais, ricane Charlie. Elle voit un mec.

— Dis-lui de venir, insiste Axel, comme si je n'avais pas déjà décliné sa proposition. Ce serait trop con de manquer ça. On ramène tous du monde, une meuf que je tchatche va peut-être passer, Mathis a invité Alice… Soyez pas jalouses, les filles », ajoute-t-il.

J'ignore qui est Alice, mais le clin d'œil d'Axel et l'importance que Mathis accorde à sa présence me la rendent immédiatement antipathique.

Axel le premier s'élance dans l'escalier. Il a rassemblé ses affaires et me semble étonnamment chargé pour un samedi soir. La cage béante l'avale dans un frissonnement de néons. Des toiles d'araignées filent entre les recoins. Les autres piaillent dans mon dos. Alors, sans un regard en arrière, comme pour m'interdire toute retraite, je m'engage à sa suite et je dévale les marches. La rampe cloquée s'effrite sous mes phalanges. Plus haut, la porte claque. Les trottoirs humides nous réceptionnent au compte-gouttes. Nous sommes restés chez Charlie une heure à peine.

2.

22 heures. Avenue Bugeaud. Troisième étage.

Axel est digne de confiance, le quartier sublime, cossu. Les immeubles haussmanniens exhibent leurs façades harmonieuses de part et d'autre de la voirie. Au travers des fenêtres, j'entrevois le cristal des lustres, la hauteur des plafonds. Il a vanté la beauté de l'endroit tout le trajet durant. J'imaginais un trois pièces lumineux, une petite terrasse, mais pas ce faste.

Nous nous arrêtons sous un porche en pierre de taille. Axel compose le code. Un bip retentit. L'escalier déroule ses courbes lisses au fond du hall. Il nous hisse jusqu'au troisième étage, qu'un appartement occupe tout entier. De l'intérieur émane un léger brouhaha. Intimidée, je m'arrête sur le seuil.

« C'est ici ? »

Axel, pour toute réponse, me bouscule et me devance. Il toque à la porte. Le battant s'ouvre sur une silhouette familière : Mathis, toujours tiré à quatre épingles, les dents blanches, les yeux rieurs. Il est brillant, mondain. Sa réussite me fascine.

« Enfin ! se réjouit-il. Canon ton manteau, Léo, c'est nouveau ? Ah, Charlie, t'as bonne mine ! »

Je secoue la tête. Il nous embrasse tour à tour et j'ai le sentiment qu'il s'attarde plus longuement sur mes joues. En retour, j'insuffle à notre accolade autant de chaleur que possible. Mathis et moi entretenons une amitié ambiguë. J'y ai fourré mon attirance première, quelques baisers échangés pour rire, à la fin des soirées de l'école. Un jour, au milieu de la première année, il s'est invité à dormir. J'ai prétendu céder par ivresse. L'étreinte en a entraîné d'autres. Nous avons pris l'habitude de nous rejoindre en cachette dès que l'occasion le permettait, des dérapages que nous niions en bloc face à nos amis suspicieux.

J'éprouvais en vérité pour Mathis plus d'affection que je ne l'aurais admis. Au fil des nuits, j'ai échafaudé des déclarations enflammées, les scénarios qui le pousseraient dans mes bras mais, chaque fois, je me dégonflais. Nos coucheries avinées valaient mieux que rien. Je me vautrais dans la complaisance de crainte qu'elles ne cessent.

Il s'est envolé un semestre à Hong Kong sans que je lui aie dévoilé mes sentiments. Nous entrions en troisième année d'école. Mathis a rencontré une Russe, une élève de son échange universitaire et moi, plus tard, Gaël. Je lui ai avoué mon attirance peu après. La Russe était rentrée à Vladivostok, non sans s'être tapé au préalable plusieurs de ses camarades. Mathis conservait de leurs amours un souvenir amer.

«Je ressentais la même chose, a-t-il regretté. Si j'avais su.»

Nous avons trinqué aux occasions manquées. Là où nous aurions tout au plus vécu une bluette sans avenir, j'ai fantasmé une passion dramatique. Nous nous sommes vus davantage. Pour l'amour, il était trop tard, mais Mathis s'est montré plus tactile, plus prévenant et j'ai dissimulé à Gaël notre proximité.

«Entrez. Les premiers invités sont déjà arrivés.»

Mathis repousse le battant. Un couloir crâne s'étire devant nous. Des portes closes flanquent son côté droit. Contre l'autre mur, les bibelots s'accumulent, des souvenirs de voyage, des plantes exotiques, des photos de famille jaunies. Un enfant pose aux côtés d'un énorme serpent sur l'une d'elles. Ailleurs, un homme force la mâchoire d'un alligator. Au-dessous, une bâche protège le parquet. Des souliers jonchent le sol et nous ôtons les nôtres par mimétisme.

«Bien, apprécie Axel en tâtant le plastique, vous avez pris vos précautions.»

Il s'engage derrière Mathis, talonné par Charlie qui minaude.

«Attendez-moi, les gars!»

Avec une familiarité inhabituelle, elle attrape Axel par le bras, qui se retourne, surpris. Mes yeux s'égarent vers sa taille fine, ses fesses nerveuses tandis qu'elle progresse à petits pas pressés. Elle ne cesse de toucher ses cheveux. Son agitation la trahit ; Charlie n'est pas aussi à l'aise qu'elle voudrait le faire croire. Jeanne m'entraîne dans le boyau à sa suite.

« J'espère que Marc est sympa », murmure-t-elle.

J'approuve. Au fond, qu'importe.

Le couloir débouche sur un vaste salon. Nous rejoignons Axel, Mathis et Charlie qui nous ont attendues sur son seuil. Une quinzaine de convives, affalés autour du canapé, l'œil vitreux, rongent les croûtes d'un comté. Les invités sourcillent à peine lorsque nous pénétrons dans la pièce. Des coques de pistache tapissent la table basse. Quelqu'un a apporté une boîte de Vache qui rit qui, tombée à terre, gît éventrée sous une chaise. Charlie salue une connaissance. Mathis et Axel s'éclipsent. Personne ne répond au « bonsoir » général que je lâche du bout des lèvres. Je dépose sur le buffet ma bouteille de piquette, celle que je réservais à Charlie, et attrape une bière. Jeanne me suit en retrait près de la fenêtre. Deux chaises Eames s'y font face. Des mégots surnagent dans les gobelets égarés çà et là.

« On aurait mieux fait de rester chez Charlie, soupire-t-elle. T'as du feu ? »

J'allume sa cigarette, puis la mienne. Sans un sourire, une fille s'approche pour nous intimer d'expirer vers l'extérieur, de prendre garde aux cendres, de ne pas jeter nos mégots dans la cour. J'acquiesce et elle retourne s'asseoir auprès des autres. Ses chaussettes chuintent sur le plastique au sol.

Jeanne, docile, tapote sa cigarette contre le rebord d'un verre. La précaution confine au ridicule dans un appartement bâché de pied en cap. Le PVC crasseux plisse sous nos chaises, gondole autour de la bibliothèque, ondule par-dessus les fils électriques qui relient les amplificateurs l'un à l'autre. On devine des boiseries anciennes au-dessous. Des mares jaunâtres se forment le long des vallées creusées par les câbles. Je chasse mes cendres d'une pichenette, qui chutent dans une flaque. Le tabac se noie dans l'eau rance comme dans un bain d'acide.

Du côté du canapé, le ton monte. Une brune sèche tape du poing sur la table. Les coques des pistaches bondissent. Elle se redresse pour renforcer le poids de ses paroles et titube, un peu saoule.

« Sans stage dans un cabinet d'audit, jamais tu finis en transaction services.

— Et encore, tu peux pas mettre tous les *Big Four* dans le même panier, assène un petit maigre, dogmatique.

— Ernst & Young, Deloitte, KPMG et PwC», récite machinalement la fille.

Les protagonistes hochent la tête. Comme si la précision était nécessaire pour qui s'échine, depuis dix minutes, à déterminer lequel des quatre auditeurs propose l'expertise comptable la plus prestigieuse. Le gringalet a un geste de lassitude. Un verre se déverse au sol dans l'indifférence générale. Plus loin, un type vêtu d'un polo Ralph Lauren rose pâle pianote sur son téléphone. Il balaie ses mails en quête d'une fiche de paie, pour prouver quelque chose qui m'échappe.

«Putain mais elle est où?

— Laisse tomber, élude son interlocuteur. Onze, c'est énormc.»

Il avale une longue lampée de gin à même la bouteille. Tousse, crache, puis, sans raison apparente, poursuit l'échange en anglais. Ses comparses ravis abandonnent le français à leur tour.

Depuis notre poste d'observation, Jeanne et moi contemplons la scène en silence. Je me sens à des années-lumière de ces considérations. Pire, j'éprouve pour nos voisins une répulsion viscérale. J'aimerais n'avoir avec eux rien de commun mais nous accusons un parcours similaire. Le vocabulaire dans lequel ils se vautrent, les totems qu'ils brandissent, les succès dont ils se targuent pourraient être les miens.

« Savez-vous au moins équilibrer un compte de résultat ? je singe. Tenez, plutôt que de dire des sottises, resservez-moi donc un verre de cette délicieuse Poliakov ! »

La gorgée de bière que Jeanne vient d'ingurgiter lui ressort par le nez. Alors qu'elle s'essuie le visage, ses yeux s'illuminent.

« C'est un véritable cas d'école, Léo ! »

La trentaine est un moment charnière, un entre-deux bâtard qui signe la fin de la vie étudiante et le début de l'âge adulte. Jeanne et moi l'avons constaté en observant nos pairs. Ceux qui se rangent défendent les valeurs qu'ils réfutaient la veille. Ils imitent les gestes de leurs aînés, étalent leurs ambitions professionnelles et intiment à leurs hôtes d'ôter leurs chaussures. D'autres prolongent une adolescence éternelle. Tiraillées par ces extrêmes, nous oscillons de clubs privés en maisons de campagne, de souplex en duplex cossus, de garages en restaurants étoilés. Ce soir les invités tâtonnent ; et, déchaussés sur le parquet sale, ils commentent la politique monétaire entre deux shots d'une mauvaise tequila.

Mathis arbore des chaussettes impeccables, du style de celles qu'on tisse en fil d'Écosse. Mes propres pieds m'arrachent une grimace. En quinze minutes à peine, la crasse s'est accumulée sous mes collants. Des cheveux accrochent le tissu. Jeanne décolle un pansement humide fiché sous son talon.

« Berk », grogne-t-elle.

Les scories se sont agrégées contre la surface imperméable de la bâche, dans un magma composite de miettes de chips, d'éclaboussures de bière, de moutons de poussière, de noyaux d'olives plus ou moins nettement raclés. Les coups de tire-bouchon ont dispersé du liège au travers de la pièce. Une serviette détrempe contre le plastique. Aucun des invités ne s'émeut de patauger dans la fiente. Les yeux tournés vers l'avenir, la partie basse de leur univers tombe dans un angle mort. Un type porte un T-shirt imprimé de dollars. Une grande métisse souligne l'urgence climatique. Elle s'empare d'un cure-dent pour déloger les morceaux de saucisse sèche coincés sous ses ongles, puis le jette à terre en concluant : « J'aimerais voir un ours polaire avant qu'ils disparaissent ! »

À les observer, Jeanne s'amuse sincèrement. Elle relance tandis que j'allume une nouvelle cigarette.

« Et la bouffe ? Typique, non ? »

Elle sonde mon visage. Se détend lorsque j'approuve : le buffet déborde d'une profusion insensée. Le saucisson à la truffe côtoie un tzatziki bas de gamme, une bouteille d'Apérol et un honnête bourgogne encadrent le cubi de rosé, d'une traîtrise rafraîchissante. Bientôt les invités dissimuleront leur ignorance œnologique derrière des cocktails radioactifs. Deux garçons se versent justement une large rasade d'alcool fluo.

« Encore ! Je suis pas là pour boire du Perrier ! s'exclame le plus petit, un brun aux traits méditerranéens.

— Rien ne vaut un bon Spritz. Le vin, tu sais jamais si c'est du bon. »

Il désigne ma bouteille à quatre euros trente-huit. L'autre avise les fromtons, dont il apprécie le moelleux. Son doigt taché d'Apérol imprime la pâte d'une empreinte orange. Puis il retourne s'asseoir, son acolyte à sa suite, le cocktail amer dans une main et une tranche de saint-nectaire dans l'autre.

À trente ans, l'hôte se fait diseur de bonne aventure et le lactose, marc de café des temps modernes. L'opulence du plateau des fromages trahit l'estime prêtée aux invités. Sous l'égide de cet accord tacite, j'ai dévoré des bleus d'Auvergne pétris de moisissures, des ossau-iraty et des saint-félicien rapidement oubliés, des chèvres de Provence bien charnus, de vieilles mimolettes, des pélardons, des picodons, des roues entières de brie de Meaux, de l'emmental tout juste bon à être râpé, des dés de comté, d'obscènes burratas, rondes et dodues comme des fesses de bébé, des têtes de moine et des pieds-de-vent, de la tomme grise, crayeuse ou brûlée, de petits rocamadours, des pavés du Larzac, du Berry ou de Maizières, des pattes d'ours, des persillés, des potelés, des odorants, des coulants et bien d'autres encore.

Ce soir, le parfum de l'époisses masque à peine celui de l'ambition. Nous lisons, dans le persillage des bleus, la fortune du maître de maison. Le vice a été poussé jusqu'à disposer une bouteille de gevrey-chambertin à côté de l'assiette. Mon vin médiocre fait office de leurre. Les convives rentreront chez eux l'égo gonflé comme la panse.

J'achève l'inventaire lorsqu'à nouveau, une fille quitte le groupe. Elle s'approche et s'assied sur le rebord de la fenêtre. Jambes croisées sous sa mini-jupe en cuir, rouge à lèvres agressif, chignon brun, une Vogue mentholée derrière l'oreille, j'ai l'impression de la connaître.

« Vous êtes des amies de Marc ? » demande-t-elle avec un clin d'œil.

J'entame les présentations.

« Jeanne, Léonore. Oui, enfin non. On est avec Axel et Mathis. Eux le connaissent. Nous, pas encore. »

Les joncs tintent à ses poignets. Elle tripote sa montre du bout des doigts.

« Faites-moi signe quand vous le verrez. Tiens, passe-moi ton feu. »

Elle allume sa cigarette avant de glisser le briquet dans son sac et je me promets de le lui réclamer, plus tard.

« Ton visage me dit quelque chose, on se serait pas déjà croisées ?

— Aucune idée. Alice. Faut croire que je marque les esprits. »

C'est donc elle que guettent Axel et Mathis. Je scrute ses longues jambes, ses attaches fines, ses seins haut perchés. Mauvaise, je me demande ce qu'ils lui trouvent, mais la réponse est évidente. Même son arrogance m'hypnotise.

« Ravie de faire ta connaissance. »

Alice a investi l'encadrure de la fenêtre et je dois me contorsionner pour cracher la fumée dehors. Elle, ne se donne pas cette peine. Elle expire un long trait blanc dans notre direction.

« Vous faites quoi dans la vie ? s'enquiert-elle.

— Pute de luxe au CAC 40. »

Son visage demeure impassible. Jeanne vole à mon secours.

« Léo bosse dans un cabinet de conseil. Je suis acheteuse. Et toi ?

— Auditrice pour un *Big Four*. Je me mets bien. On… »

Alice s'interrompt. Elle écrase sa clope, jette le mégot dans la cour puis, après avoir épousseté une cendre, repart aussi vite qu'arrivée.

« Johan, tu vas faire des mojitos ? »

Les talons de ses escarpins laissent des trous minuscules dans le plastique au sol. Je la regarde s'éloigner.

« Les autres ont l'air plus sympa », commente Jeanne.

C'est le moment que choisit une fille pour imiter l'accent asiatique de sa femme de ménage devant un auditoire hilare.

Mathis a disparu à nouveau. Axel n'est pas revenu. Ils nous ont laissées là, Jeanne et moi, livrées à nous-mêmes, brebis galeuses dans cet enclos hostile. Les loups qui nous entourent ont les dents qui rayent le parquet. De temps à autre, ils se retournent et s'entretiennent à voix basse. Quelque chose se trame. J'ignore quoi, eux savent, et soudain, une angoisse diffuse m'écrase le thorax. Qu'importent les promesses, l'attente, l'annonce. Je veux partir. Fuir, mais Jeanne, guillerette, m'attrape par le bras, et l'appartement referme sur nos corps ses mâchoires voraces.

« Viens. J'adore les mojitos. »

Un couple fond sur les chaises que nous venons de libérer. Les autres débattent toujours autour de la table, moins nombreux cependant. Ils ont ouvert un paquet de chips au vinaigre qui tourne de main en main. L'odeur corrosive me monte à la gorge. Nous dépassons deux types, concentrés sur le contenu de la bibliothèque.

« Le de Vigan… il était un peu attendu, non ?

— Au contraire. C'est le portrait au vitriol de notre société fascinée par le vrai. Tiens, tu savais que Huysmans était en Pléiade ? »

La réponse se perd dans un brouhaha.

Nous quittons le salon.

3.

23 heures. Avenue Bugeaud. Troisième étage.

Le couloir bruisse de rires étouffés. Des éclats de voix fusent derrière les portes closes. Jeanne cherche l'interrupteur à tâtons, puis se résout à progresser dans la pénombre. Au sol, le plastique crisse de façon désagréable.

« C'est par où la cuisine ? demande-t-elle.

— Ici, je pense. »

Une céramique de potiron orne l'un des vantaux. La lumière m'aveugle lorsque je le pousse. Les conversations s'éclaircissent. Dix personnes se tiennent là, dans la pièce minuscule au profit de laquelle s'est vidé le salon. Un type roule un joint contre le capot de la poubelle. Assis sur le plan de travail, deux inconnus badinent. Alice fume sa Vogue mentholée aux côtés d'un grand brun qui la dévore des yeux.

« Sérieusement, Johan, susurre-t-elle en expirant sa fumée aseptisée. Tu te moques de moi. Marc ?

— Je te jure, j'en revenais pas », glousse-t-il.

Le nécessaire à mojitos est dispersé sur la table. Deux bouteilles de rhum flanquent un bouquet de menthe défraîchi, partiellement plumé. Des quartiers de citron jonchent le plateau. Leur jus acide coule le long des jambes d'une fille qui, apparemment saoule, s'est assise de traviole entre les ingrédients. Sa jupe trop courte dévoile des cuisses charnues. « Servez-vous mesdames ! » s'exclame-t-elle l'haleine chargée. Une brassière verte déborde de son décolleté. Elle suit mon regard et replace ses seins à pleines mains. « Merci, c'est sympa », hésite Jeanne.

La fille nous cède la place. J'entrevois sa culotte au moment où elle glisse du meuble. Le sucre, le citron et l'alcool laissent contre ses vêtements des traînées poisseuses.

Je saisis l'une des bouteilles de rhum et me mets en quête d'un gobelet. Ceux sur le plan de travail me semblent tous usagés.

« Tu sais où sont les verres ? » j'alpague Alice.

Elle me toise de haut en bas. Cette interruption la contrarie visiblement.

« Ce sont elles dont je te parlais, Johan. Éléonore et Jeanne. Elles sont venues voir Marc, ajoute-t-elle en pouffant.

— En fait, c'est Léonore, mais tout le monde m'appelle Léo.

— D'accord. Il n'y a plus de verres, Lé-o-no-re. »

Dans un ultime sursaut de sociabilisation, j'interpelle Johan.

« Alors comme ça, tu fais des cocktails ?

— Non. Du contrôle de gestion. »

Alice lève les yeux au ciel. Elle se détourne de nous, lui murmure quelques mots à l'oreille, et leur rire achève de m'humilier. Dans ma main le rhum pèse une tonne. Un type m'observe mais lorsque je lui rends son regard, il baisse les yeux. Les conversations vrombissent autour de nous. Elles m'étouffent, me donnent le tournis et tandis que je reste là, immobile et inutile, Jeanne me déleste de la bouteille pour la replacer sur la table. Elle pose la main sur mon épaule. Comme si ce contact pouvait apaiser quoi que ce soit.

« Tu veux une bière ? » propose-t-elle.

J'ouvre le réfrigérateur d'un coup sec. Johan s'est écarté de la fenêtre pour photographier Alice avec son portable. Le battant rebondit contre son dos et je l'imagine catapulté vers l'avant, l'autre peste projetée par-dessus la rambarde. Je visualise sa chute, trois étages, le corps écrasé et sa Vogue, qui empeste le Canard WC, tournoyant jusqu'au sol. Mais ils sont toujours là. Alice, tout à son auto-suffisance narcissique, admire les photos d'elle sur le téléphone. Johan se masse le dos. J'attrape une bière, puis claque la porte si fort que les bouteilles cognent dans le frigo.

La nuit n'a cessé de dégueuler sa bile de visages inconnus, et le couloir, dépeuplé jusqu'alors, grouille de monde. Un homme au crâne tatoué se faufile entre les convives. La musique gronde depuis les baffles de la pièce principale. Je me fonds avec soulagement dans la foule anonyme.

«Je vais me pisser dessus! hurle une fille en tambourinant contre une porte. Dégagez!» Elle ne s'adresse à personne en particulier mais j'acquiesce au passage. Le verrou cède, trois types en marcel quittent la baignoire un Spritz à la main. Leurs traits me sont familiers. Passée une certaine heure, tous se ressemblent.

«Où sont les autres?» m'interroge Jeanne.

Comment le saurais-je? Je ne l'ai pas quittée de la soirée. Mais le tapage avale mes mots et Jeanne sourit, toujours gentille. Je me reprends.

«Viens, retournons au salon.»

Le vacarme enfle à mesure que nous avançons. Dans la pièce transfigurée suffoque une masse transpirante. Trois filles ont reconverti la table basse en podium. Elles haranguent les autres et bientôt, ils sont huit à piétiner les rognures de saucisson et les restes des fromages. Une rousse en sueur ferme la fenêtre sous une ovation.

« Les voisins font chier, ces cons. »

L'odeur âcre du tabac remonte de plus belle. Disséminés aux quatre coins de la pièce, les gobelets débordent de mégots détrempés.

Je scrute l'assemblée. Guette Charlie, Axel ou Mathis et je songe qu'ils abusent. Quel intérêt de nous traîner là si c'est pour nous planter au bout d'une heure à peine. L'idée de fuir m'effleure de nouveau, aussitôt chassée par l'apparition d'Axel.

« Enfin ! se réjouit-il. Alors ? Je vous avais dit que ce serait dingue ! »

Il fixe la piste de danse, le déchaînement des corps. Des vaisseaux écarlates strient le blanc de ses yeux.

« On vous cherchait partout, renchérit Mathis qui se glisse derrière lui. Léo, Alice t'a parlé de ses peintures ? Elle expose dans une galerie du 3e.

— Vous avez vu Marc ? » l'interrompt Axel.

J'ignore ce qui m'exaspère le plus, du sourire narquois d'Axel ou de l'admiration qu'exsudent les paroles de Mathis. Ils ne m'ont même pas présenté Marc.

« Pas encore. Il est où ?

— Sûrement pas bien loin. Viens ! »

Axel s'élance, Mathis à sa suite. Je m'apprête à les suivre lorsqu'une fille, la soûlarde de la cuisine, s'agrippe à mon bras. Elle baragouine des phrases indistinctes, relâche la pression, mais les garçons ont disparu. Jeanne s'est éloignée. Je pose mon téléphone sur la table pour me servir un verre. Une masse poilue, comme un rongeur, gît sous le meuble. Les danseurs l'engloutissent. Le gin-tonic que je descends cul sec me donne la nausée.

Les heures suivantes s'estompent dans les vapeurs d'alcool. J'erre à travers l'appartement, titubant d'une pièce à l'autre, mon verre à la main. J'ai perdu mes amis et la notion du temps. Chaque fois qu'une chevelure rousse émerge du chaos, je tends le cou, mais ce n'est jamais Jeanne. Des ballons d'hélium aux lettres du nom de Marc ont été hissés au plafond. Leur ombre flotte au-dessus de nous, une signature qui se découpe sous le faisceau des stroboscopes. Deux filles se passent une enveloppe avec des airs de conspiratrices. Plus loin, une bouteille de rouge s'est déversée au sol. Les fêtards pataugent dans la flaque et leurs empreintes, écarlates contre la bâche plastifiée, m'évoquent une scène de crime. Je pense au rongeur mort sous le buffet. J'aimerais partir, mais un essaim grouillant défend la sortie. L'air me manque. Des crampes me tordent l'estomac. Fébrile, je pousse la porte la plus proche, crache mes tripes contre le pan d'un mur et reprends mon souffle. Mon cœur s'apaise. L'angoisse reflue.

Mes yeux s'accoutument peu à peu à l'obscurité. En émergent les rondeurs d'un sofa, l'aplat d'un bureau, le corps trapu d'un fauteuil Napoléon. Les voyants d'une tour d'ordinateur composent un morse mystérieux. Comme pour réponse, un rectangle s'éclaire sur le radiateur. C'est mon portable ; brûlant mais intact. L'écran affiche deux codes erronés. Difficile de déterminer comment il a atterri là.

Je m'apprête à quitter la pièce lorsqu'un gémissement fend la pénombre ; la fille de la cuisine, toujours elle, amorphe sur le canapé.

« Je me sens pas bien, geint-elle. T'as de l'eau ? »

Elle tend le bras vers moi. Son poignet est large et enflé.

« Je vais t'en chercher. Ça va ? Tu t'appelles comment ?

— Mélanie… Je t'en supplie, me laisse pas seule avec lui.

— Avec qui ?

— Je vais vomir ! »

J'inspecte le bureau par acquis de conscience. J'examine les coins sombres mais il n'y a personne, rien que Mélanie, moi, et l'infecte odeur de ma gerbe. Rassurée, je rejoins la cuisine. Des gobelets sales traînent sur le plan de travail. J'asperge mon visage d'eau fraîche puis je verse dans le moins dégueulasse une belle rasade de flotte.

Mathis m'intercepte alors que je rebrousse chemin. L'eau tangue dans mon verre. Partout gronde la rumeur électronique.

« Ça va, Léo ? Tu t'amuses ?

— Euh, grave. Tu connais Mélanie ? »

Parler me fait du bien. Je recouvre mes esprits et un semblant de contrôle.

« Non, réfléchit-il en scrutant le salon à la recherche, je ne sais pas, d'Axel, de Marc, d'Alice. T'es prête ?

— Prête pour quoi ?

— La surprise de Marc ! »

Je n'espérais plus voir dénoué le mystère. L'excitation me gagne, mais quelqu'un me bouscule et l'eau qui gicle au sol me rappelle à mon devoir.

« Attends, j'apporte ça et j'arrive.

— Tu vas où ?

— Dans le bureau. Mélanie est genre vraiment saoule. Elle raconte n'importe quoi et elle s'est flingué le poignet. »

Mathis se fige.

« Quoi ? Mais on avait condamné la pièce ! »

Il me quitte, furieux. Je l'observe s'éloigner. Tout cela pour une inconnue à moitié morte, avachie la bave aux lèvres, ses gros seins à l'air. On n'a pas idée de se saouler comme ça.

Les restes d'un cadenas oscillent en effet sur la porte du bureau. Il n'a pas dû être difficile à forcer, avec son alliage de plastique et d'inox.

« Tiens, voilà. Mets-en pas partout. »

Mélanie attrape le verre. Elle engloutit une partie de l'eau puis, ignorant ma mise en garde, arrose son visage, et les gouttelettes constellent le tissu du sofa.

« Merci, soupire-t-elle en retombant sur les coussins. T'es gentille. J'ai fait une connerie, la porte... Je voulais juste me reposer. »

Ses paupières flanchent. Elle renifle et s'endort, sa main boursouflée tremblant contre sa joue. Une vilaine plaie déforme son poignet. J'observe la peau tendue, le pus qui suinte. Je scrute son visage, sa poitrine qui s'affaisse, molle et grasse. J'écoute la musique au-dehors. J'avais quinze ans le soir de ma première cuite. On m'avait allongée à la cave le temps que je cuve. Un camarade de classe, ivre lui aussi, m'y avait rejointe. Il s'était assis au bord du lit, m'avait embrassée, m'avait caressée et je me souviens de ses doigts, de l'odeur de l'alcool et du sentiment d'impuissance.

« Léo a chopé ! avait rigolé quelqu'un.

— Vous êtes lamentables », s'était opposée Yasmine.

Je me suis souvent demandé comment les choses auraient tourné si Yasmine n'avait pas été là.

J'observe Mélanie et je pense à moi. Je contemple le bureau et je revois ma cave. J'évalue les alternatives ; le bien et le mal, le comportement à adopter. Pas question de la laisser comme ça, j'arbitre à contrecœur. Je m'assieds auprès d'elle. Son front est brûlant. Son pouls, frénétique. Je lui tapote la joue quand soudain, une décharge prodigieuse me déchire la cuisse. La surprise me projette sur mes pieds. Un accroc sanguinolent luit dans l'obscurité. Je tâte la plaie, étouffe un cri. Mélanie se recroqueville un peu plus sur elle-même.

« Ça recommence », chouine-t-elle.

La douleur est atroce. Je songe à un clou, un ressort rouillé mais lorsque j'examine le canapé, seul le velours lisse, vaguement humide, glisse sous mes doigts. La panique me gagne. Je pousse Mélanie, qui proteste tandis que je sonde les replis obstrués par la masse de son corps. Il n'y a rien nulle part, dans aucun interstice, et en désespoir de cause, je m'écarte brusquement. Mélanie m'attrape par le bras. Je la rembarre, et sa main molle tombe dans le vide. Mes collants sont foutus. J'ai mal, je ne comprends pas ce qu'il s'est passé, tout cela est arrivé par sa faute. Qu'est-ce que j'en ai à faire de cette fille, après tout ? Qu'elle se bourre la gueule si ça lui chante. Qu'elle pète les serrures, qu'elle se gerbe dessus, qu'elle se donne en spectacle. On n'a plus quinze ans, merde.

Je claudique hors de la pièce, jusqu'au cœur battant de la fête. Les invités s'y pressent dans un nuage de fumée. Ma jambe me lance. Charlie et Jeanne discutent près du buffet.

«Je rentre avec le dernier métro, annonce-t-elle lorsque je les rejoins.

— Il est bientôt minuit. File, Cendrillon», raille Charlie.

Jeanne se tourne vers moi.

«Tu viens ?»

Deux paires d'yeux sondent les miens. Jeanne, raisonnable, se préserve pour dimanche. Charlie s'usera jusqu'au bout de la nuit. Je la connais, elle alignera les faits d'armes, des histoires invraisemblables dont le récit suscitera une jalousie incrédule. On ne veille pas pour ajouter deux ou trois verres de rosé à l'accablante liste de ses consommations. Je suis fatiguée, j'ai mal, je dois retrouver Gaël, mais déjà la porte d'entrée claque, et Jeanne s'en va. Sa hâte me jette en pâture aux noctambules.

«Le dernier métro est dans plus d'une heure», l'accable Charlie.

Je contracte la cuisse. L'effort m'arrache une grimace.

«Tu peux regarder ? Je sais pas ce qui ...»

Sans me laisser le temps d'achever ma phrase, elle s'élance au milieu de la piste, la fièvre. Je me traîne derrière elle avec peine. Un liquide clair suinte de la plaie. Lorsque je l'estompe, il laisse sur mes doigts un halo vermeil.

«Viens Léo, Axel et Mathis sont là !» s'exclame-t-elle en me tirant par le bras.

Les garçons se tiennent à l'écart des danseurs. Une conversation animée les occupe, qui s'épuise à notre approche. J'essuie le sang sur ma robe, et tente d'oublier la douleur.

« Alors cette surprise ? j'interroge Mathis.

— Laisse tomber, soupire-t-il. Ils ont tout foutu en l'air. Amuse-toi, c'est le mieux que tu puisses faire.

— Mais où est Marc ? »

Il s'éloigne sans répondre. Les ballons éponymes vacillent autour de nous. Axel, le souffle saccadé, nous attire près de lui.

« Mathis exagère, murmure-t-il. On a palpé un beau paquet de fric, pas la peine de faire la gueule ! »

Il exhibe quatre billets de cent, verts et luisants. À Charlie qui l'interroge, il lâche un rire évasif. Sa chemise lui colle aux épaules. Ses yeux exorbités, sa suffisance, tout cela est au-dessus de mes forces. Je recule d'un pas et m'enfonce dans la cohue. Mon cœur pulse à travers ma blessure. Ni lui ni Charlie ne tentent de me retenir. On m'offre une cigarette, un verre, une danse. Deux types jettent Mélanie hors de l'appartement. Son regard terrifié me crucifie sur place ; l'espace d'une seconde, il n'y a plus qu'elle et moi, ses cheveux en désordre, son poignet pansé d'une gaze, aussi rond qu'une boule de billard. La porte claque. Les types reviennent. Un instant, mille ans plus tard, je fume près de la fenêtre en quête d'un visage amical. Les contours se fondent dans un magma électrique. « Mme l'archiduchesse sait-elle chasser sans son chien ? » ricasse Alice en passant devant moi, somptueuse sous une coiffe ornée de plumes de paon. Mathis, sorti de nulle part, me bouscule pour la rejoindre et des larmes idiotes me montent aux yeux.

Je quitte la fumée du salon, puis le couloir, puis le vide de l'entrée. Je dépèce le tas des chaussures à la recherche de mes mocassins. Je repousse la porte. La rumeur de la fête s'étouffe. La serrure cliquète. Il est minuit trente et je me retrouve seule, hagarde sur le palier du troisième étage.

4.

0 h 30. Avenue Bugeaud. Troisième étage.

Ce palier est un purgatoire. Je me dresse au croisement du dedans et du dehors et j'ignore, des deux, lequel figure l'enfer et lequel le paradis. Peut-être devrais-je retourner à l'intérieur malgré ma blessure. J'ai quitté la soirée sur un coup de tête. Charlie, Axel et Mathis s'y amusent encore. Mille prétextes pourraient justifier ma sortie. Je cherchais les toilettes, Marc, un meilleur réseau téléphonique. Je m'agrippe à l'espagnolette comme à une bouée de sauvetage. Tente d'ouvrir la porte ; mais la poignée résiste, et je capitule. Cette fête n'a rien à m'offrir. Elle m'a lésée jusque dans ma chair et me laisse la jambe à vif, le front moite, dans la gorge un goût acide. Chacun de ses relents renforce mon malaise. Je desserre la main. Mes mocassins chutent au sol. Lorsque j'y loge les pieds, le cuir rigide ne me procure aucun réconfort.

Il n'y a plus un bruit à présent. Tout ce cirque, ces gens, ces cris pourraient n'avoir été qu'un tour de mon imagination. J'aimerais ouvrir les yeux chez moi, blottie contre le torse de Gaël. J'imagine déjà ses questions. « C'était sympa ? T'as rencontré du monde ? T'as été raisonnable ? » Non, non, et non. Les mots cristallisent l'échec et lorsque j'entrebâille les paupières, la cage d'escalier persiste, bien sûr.

« Tout va bien ? »

Une femme d'une cinquantaine d'années surgit du deuxième. J'ai honte du visage défait que je lui oppose.

« Tout va bien ? » répète-t-elle.

Je hoche la tête. Mes jambes sont immobiles, la circulation s'est tarie. Une douleur aigüe perfore le muscle à présent que le sang afflue. L'inconnue s'approche.

« J'ai cru que vous aviez un cocard. C'est votre maquillage. On ne veut pas de problème ici. »

Elle n'a gravi qu'un étage mais peine à retrouver son souffle.

« Je me suis enfermée dehors, en fait.

— Ah ! Vous habitez l'immeuble. »

Elle désigne la porte. Son regard clair est braqué sur moi. Il suffirait que j'acquiesce ; cette fois pourtant, je refuse de mentir.

« Pas vraiment. Je suis une amie de Marc. Enfin… on m'a invitée chez lui. Je le connais pas. C'est peut-être le problème. »

La femme ne répond pas. Quelque chose dans ses yeux, son sourire poli, désamorce mes défenses et les phrases déferlent presque malgré moi.

« On m'avait promis une nuit mémorable. J'ai perdu mes amis. Personne faisait attention à moi à part cette fille, Mélanie. Elle était bourrée, flippée à cause d'un type que j'ai pas vu. Je pensais qu'on me remercierait de m'occuper d'elle. Au lieu de ça, ils l'ont foutue dehors. Je sais pas ce qu'elle est devenue. Je pars, il faut juste que je reprenne des forces. Je suis blessée. »

J'exhibe ma jambe ; le collant déchiré, la plaie, le sang. J'ignore pourquoi l'approbation de cette femme m'importe. Son visage se referme.

« Il n'y a pas de Marc ici. Votre vacarme empêche tout le monde de dormir. Alors filez ou j'appelle la police. »

Elle tourne les talons. Un chignon d'hôtesse retient ses cheveux. D'un geste, elle attrape le foulard de soie colorée qui glisse le long de son cou. Elle porte une tenue d'intérieur détendue mais élégante, un ensemble de lin grège composé d'une tunique et d'un pantalon ample. Ses chaussons dessinent des marques oblongues sur les fibres du tapis. Je m'engage dans l'escalier à sa suite, sans qu'elle m'accorde même un regard.

La descente m'offre une vue imprenable sur le rez-de-chaussée. Les mosaïques qui en ornent le sol figurent un monstre aquatique. Je ne l'ai pas remarqué en arrivant, et cela m'étonne à présent qu'il déploie ses crocs sous mes yeux. Deux cents kilomètres nous séparent de la mer la plus proche. Ni lui ni moi ne sommes à notre place. Le miroir qui surplombe l'animal confirme l'évidence. Je m'y découvre sale et sombre, déchet dans le hall rutilant. Mon teint pâle trahit la fatigue. Des striures barrent ma peau, grises là où les fards ont inondé mes joues, sang aux endroits où, gercées par le froid, mes lèvres ont bu le rouge de mon gloss. Toute autre teinte a quitté mon visage. L'exode me laisse livide, l'esquisse d'un corps en noir et blanc. Dix-sept ans plus tard, je songe : mes fantasmes d'adolescente gothique enfin comblés.

Je rêvais tout en noir à treize ans. Mes cils ployaient sous le mascara. Piqué de clous de chez Bricolex, le ruban qui me faisait office de collier traçait sur mon cou les stigmates d'un pendu. J'infligeais à mes professeurs des dissertations neurasthéniques par lesquelles j'espérais atteindre l'aura des poètes maudits. Plusieurs se sont inquiétés. Ils faisaient leur travail, moi, ma crise d'adolescence. Le mouvement gothique m'offrait repères et identité.

La musique constituait notre principal signe de ralliement. Nous échangions des articles découpés dans les magazines de rock selon un protocole strict. Une affiche de Slipknot valait une double page sur Craddle of Filth. L'encart consacré à Punish Yourself, un poster de Mayhem. Je mettais un point d'honneur à traquer les groupes les plus excessifs, les sons les plus inaudibles, l'audience la plus confidentielle car ces préférences attestaient mon appartenance au groupe. Les *newbies* pouvaient bien garder les tremolos ridicules de leur métal symphonique.

L'ouverture d'un Skyblog a propulsé mes revendications au-delà de la cour du collège. Il portait le nom d'un titre d'Anorexia Nervosa et rassemblait des textes de Marilyn Manson, des photos d'elfes trouvées sur Google Images et des clichés pseudo-philosophiques du style : *je préfère être détestée pour ce que je suis qu'être aimée pour ce que je ne suis pas.* Promouvoir la culture gothique sur la plateforme d'une radio spécialisée dans le rap et le R'n'B relevait d'une ironie qui m'échappait.

JaPAnDoll a commencé à me suivre. Elle adulait Joey Jordison et détestait Avril Lavigne. Nous nous sommes ajoutées sur MSN pour savourer nos affinités musicales.

« Tu connais Dir En Grey ? »

Wikipédia alimentait mes réponses.

« J'adore, surtout *Ryoujoku no ame.* »

Je téléchargeais des titres de visual kei à la pelle pour séduire ma Nipponne mélomane. JaPAnDoll habitait Sartrouville, couchait avec un prénommé Lucas, et voulait devenir mannequin. J'appréciais ses longs cheveux noirs et son activité sexuelle. Elle, l'attention que je prêtais à sa romance.

Nous avons enfanté d'un Skyblog à quatre mains. Son préambule annonçait la couleur : Gothique-Attitude, le guide de JaPAnDoll et de Sister September pour devenir un vrai gothique. Nous nous réclamions du mouvement toutes les deux, et ne supportions pas que des pétasses fans de Britney Spears s'inventent une personnalité en copiant notre style.

Deux mois plus tard, notre site caracolait parmi les plus populaires de la plateforme. Mille six cents commentaires gratifiaient notre article introductif. Des inconnus dégueulaient leur fiel tandis que nous alignions les poncifs sous couvert d'ironie.

[RiotGirl] : C'est n'imp'. On naît gothique, on le devient pas.

[Rap92boss] : Si t'aimes tellement la mort, t'as qu'à te suicider lol.

[PiiiiX-TOFS] : Tu penses être un gothique ? Participe au concours sur la page 6 de mon blog !

[Manon91] : J'ai 12 ans. Comment m'habiller pour devenir gothique ?

[Jules] : Vous êtes débiles. Vous me dégoûtez. Répondez-moi svp.

Notre procès a atteint son paroxysme avec la publication d'une chronique narrant les tribulations d'un collégien gothique. Il suait dans son imperméable en vinyle, calculait la probabilité mathématique d'un décès cruel et grommelait des malédictions en latin. S'il recevait une bonne note, ses parents lui achetaient le dernier numéro d'*Elegy*. Le magazine s'était autoproclamé publication de référence de la culture *underground*, et ni JaPAnDoll ni moi n'avions les moyens de nous l'offrir.

Le texte s'est propagé sur la toile comme feu de broussailles. Certains ont salué notre second degré, d'autres nous ont cordialement invitées à brûler en enfer. Ils déploraient l'image affligeante du mouvement que nous contribuions à relayer. Galvanisées par l'anonymat de nos pseudonymes, nous agrémentions l'article des réactions les plus gratinées.

Update : [DarkGirlDead] rappelle que les goths ne portent plus des New Rock mais des Dr. Martens.

Update : [ButHerFLy93] recommande aux gothiques d'aller niquer leur mère, ces gros pédés de satanistes.

Update : [GarsSymPA] a déjà lu cet article ailleurs. Nous sommes des copieuses et il trouve ça dégueulasse. Euh… faut qu'on s'explique !

Des dizaines de sites avaient retranscrit le texte. Nos lecteurs ont crié à l'escroquerie. Skyblog ne conservait pas l'historique des modifications, et nos mises à jour successives avaient éclipsé la date de notre publication initiale. Jamais nous n'avons pu prouver la maternité du billet. Du haut de mes treize ans, ce conflit de droits d'auteur excédait toutes mes espérances.

Passé cet instant de grâce, JaPAnDoll a délaissé la plateforme. Elle avait officialisé sa relation avec Lucas et commencé le mannequinat, des photos dénudées qui m'évoquaient moins le romantisme gothique qu'un érotisme vulgaire. Pour la punir, j'ai changé les codes d'accès à notre blog. Elle n'a pas même pris conscience de son éviction.

Lorsque, plus tard, Lucas l'a plaquée, elle m'a adressé un appel à l'aide pathétique auquel je n'ai pas répondu. Notre page a sombré dans les profondeurs du Net en emportant avec elle cette identité que j'avais pris tant de plaisir à construire, et qui ne me convenait plus. Les dentelles de ma jeunesse exhalaient une forte odeur de naphtaline. Des singles électro ont remplacé les CD de metal sur ma table de chevet. La tecktonik a absorbé les autres tribus adolescentes dans un indicible magma de gel capillaire et de basses frénétiques. Les bloggeurs ont quitté Skyblog au profit de Facebook, de Pinterest, d'Instagram, et l'ère de l'image a rendu caduques nos expérimentations littéraires. Dix années plus tard, mon professeur de sociologie a porté le coup de grâce. Le mouvement gothique était devenu un cas d'étude du marketing tribal. *Elegy* a déposé le bilan peu après. À en croire mon mal-être, mes collants en lambeaux et mon teint blafard, rien ne propulsait mieux dans cet univers qu'une mauvaise soirée.

5.

0 h 50. Avenue Bugeaud.

Dehors, la ville me fait l'effet d'un mur glacé. La lumière du hall, jaune et chaude, cède la place à la rue, si froide que des volutes blanches s'échappent d'entre mes lèvres. Je frissonne sur le trottoir. Impossible de me souvenir par où je suis arrivée. De chaque côté s'alignent des immeubles identiques, ponctués par le halo pingre des lampadaires. J'allume mon téléphone en quête de repère. Deux messages patientent dans ma boîte de réception. Gaël a tenté de me joindre.

[De Yasmine] : Alors cette soirée, raconte !

[De Mathis] : Rendez-vous au salon, on offre les cadeaux de Marc.

Quinze minutes se sont écoulées depuis mon départ. Aucun de mes amis n'a remarqué mon absence.

Charlie se targue d'altruisme, d'ouverture sur le monde mais au premier coup dans le nez, elle ne se soucie plus que de sa petite personne. Jeanne m'a abandonnée derrière elle. Mathis flotte au-dessus de la fosse aux fauves avec sa mise parfaite, son sourire poli qui suggère : «Je m'amuse. Tout le monde s'amuse. Pourquoi est-ce que tu ne t'amuses pas, Léo ?» Et il me parle de cadeaux, comme s'il m'avait avertie de quoi que ce soit. J'essaie de me calmer. J'inspire, expire. L'air glacial inonde mes poumons. Mathis me cherche ; très bien. Ni lui ni Axel n'ont mentionné qu'il s'agissait d'un anniversaire. À bien y réfléchir, il y a cette carte qui circulait tout à l'heure. J'y ai griffonné quelques mots lorsqu'on me l'a fourrée entre les doigts ; un message sans queue ni tête, littéralement dénué de queue puisqu'Alice m'a arraché la missive des mains avant que j'aie achevé de l'écrire. J'ai poursuivi la soirée sans plus y penser.

[À Mathis] : Je suis partie, j'ai rejoint des amis. Viens, on sort sur les Champs !

[À Yasmine] : C'est ouf, on est chez Marc, un pote des mecs !

Une salve de réponses salue mes impostures.

[De Mathis] : Bonne idée ! Je motive les autres et on arrive.

[De Gaël] : T'en es où, ma chérie ?

J'envoie un smiley à Mathis, j'ignore la question de Gaël, et je range le téléphone dans mon sac. Mes doigts ont durci le temps de la correspondance. Ils sont lisses et gelés comme des glaçons. Je ne sais pas pourquoi j'ai menti.

Le rat qui fend la chaussée ajourne toute repentance. Je scrute les ténèbres mais déjà, il a disparu. Certains guettent la *lumière au bout du tunnel.* Ici, il n'y a ni lumière, ni tunnel, rien qui borne l'espace, et j'en suis réduite, comme une sauvage, à affronter les rats. Bienheureux le flûtiste de Hamelin. Ses sbires restés en arrière jouent à cache-cache avec moi. J'en repère un contre le mur, gros et laid. Une porte claque et il file. Trouillard.

S'ensuivent des rires, des adieux qui m'effraient à mon tour. La cage d'escalier résonne d'un bruit de pas. Quelqu'un a quitté la fête, l'un des invités de Marc, et la perspective de le ou la croiser m'angoisse plus encore que les nuisibles. Je me précipite vers l'abri le plus proche. Il s'agit d'une voiture, garée contre le trottoir opposé. La course avive ma douleur à la cuisse. Des aiguillons transpercent ma chair. L'absence de lumière complique l'examen, mais lorsqu'une fois cachée, je tâte la plaie, ils vrillent de plus belle. Deux entailles se dessinent sous un liquide clair. J'estompe le fluide, qui coule à peine ma main ôtée. La plaie pulse et expulse. Je vais me vider tout entière par cet orifice, je songe en imaginant mon corps sec, drainé par la brèche ridicule. Autour, la peau est pâle et bombée.

Une contusion similaire tuméfiait le poignet de Mélanie.

La porte de l'immeuble s'ouvre. Un rectangle perce la nuit, et je me recroqueville un peu plus derrière la bagnole. Johan déboule sur le bitume.

« Ça caille ! » s'écrie-t-il, bien que se pensant seul.

Il s'étire, fait craquer ses doigts. Malgré le froid, il ne porte qu'une veste en jean, dont le col de mouton luit dans l'obscurité. Son bras passe devant la moumoute. Une flammèche s'élève. Son corps projette un spectre immense contre la façade.

Johan allume une cigarette. Johan consulte son téléphone. Johan arpente le trottoir. Le temps s'écoule, Johan subsiste. Tapie derrière mon Audi, les premières crampes se font sentir. J'ignore ce qu'il attend ; jusqu'à ce qu'à nouveau, l'éclairage embrase le hall. Alice déploie sa silhouette en ombre chinoise, et Johan écrase son mégot. Elle s'avance. Dans un contre-jour esthétique, elle relâche son chignon. La lumière accroche ses pommettes. Alice s'est refait une beauté et la précaution me semble charmante autant qu'inutile pour celle qui attirait déjà tous les regards. Je pense à mes collants troués tandis qu'elle s'approche de Johan. Il l'enlace.

« T'en as mis du temps.

— Tu vas pas regretter de m'avoir attendue », promet-elle en l'embrassant.

Alice et Johan. La tentation du ragot éclipse la douleur. À qui vais-je jeter le couple en pâture ? J'exclus d'office Axel et Mathis, qu'Alice fascine déjà bien assez. Restent les filles. Charlie est meilleur public que Jeanne pour ces choses-là. Je l'imagine singer la scène, *que représentent dix minutes pour celui qui t'a attendu toute sa vie, mon amour !* Jeanne, au contraire, pincerait le nez. Elle lâcherait une banalité du genre : *ils vont bien ensemble*, ou *je suis heureuse pour eux*, ou *Mathis dit qu'ils gagnent à être connus*, alors qu'ils transpirent le mépris par chacun de leurs pores.

Le tandem s'éloigne. Johan a passé son bras par-dessus les épaules d'Alice. Agrippée à sa taille, elle s'appuie contre lui, les jambes de biais, chancelante sur ses talons hauts. Son rire ricoche contre les façades. J'empoigne mon téléphone tandis qu'ils disparaissent dans la nuit. Va pour Charlie.

[À Charlie] : Potin ! Alice se tape Johan.

Puis, parce que je culpabilise un peu, je duplique le texte pour Jeanne, qui doit dormir depuis longtemps.

À peine ai-je expédié les messages que Charlie m'appelle. La sonnerie retentit dans la nuit glaciale, une fois, deux fois et j'hésite, car j'aurais préféré échanger par écrit. Mathis a dû lui annoncer mon départ. Combien de temps dure le trajet jusqu'aux Champs-Élysées ? Quels monuments longe-t-il ? Il faut que je me renseigne. Pour l'heure, j'esquive. La troisième sonnerie carillonne en vain. Ma messagerie s'enclenche, et un SMS succède à l'appel.

[De Charlie] : Il est con mais qu'est-ce qu'il est sexy. T'es où ? On fume sur le balcon.

Mathis ne l'a pas prévenue. Il a croisé Charlie pour la remise des cadeaux, ils ont parlé de tout et de rien ; pas de moi. Lui s'en est retourné à ses mondanités et elle, à son balcon. Quel balcon ? Nulle part je n'ai vu d'extérieur. La cuisine, le salon comme le bureau disposent de simples fenêtres. Seules les chambres ont échappé à mon inventaire et petit à petit, le puzzle prend forme. Charlie a disparu la majeure partie de la soirée. Elle ne m'a pas proposé de *la* rejoindre, mais de *les* rejoindre. Son égocentrisme, son insouciance m'apparaissent soudain insupportables.

[À Charlie] : T'as chopé ?

Trois points d'interrogation s'affichent en réponse.

Lorsque nous nous sommes rencontrées en première année d'école de commerce, Charlie était fiancée. Son copain, Julien, lui avait promis une maison, un potager, trois enfants, car lorsqu'on a trouvé la bonne personne, on ne perd pas de temps. Il l'a quittée du jour au lendemain. « C'est fini. Ne me recontacte plus. »

Leurs six années de relation rendaient l'explication un peu légère. Charlie a tenté de le reconquérir. Julien n'a répondu ni au nonchalant « on se prend un verre ? », ni à l'honnête « donne-nous une autre chance », ni aux insultes envoyées au milieu de la nuit entre deux crises de larmes.

Il n'y a pas réellement eu de déclic, mais progressivement, au fil des semaines, Charlie a renoncé à scruter sa page Facebook. Elle a perdu cinq kilos. Un jeudi, elle a admis ne pas avoir pensé à lui de la journée. Le soir même se tenait la grande fête d'Halloween. Elle a attrapé en gloussant la main d'un type déguisé en cow-boy. Ils ont dansé, elle s'est frottée contre lui et, les bras serrés autour de sa nuque, l'a embrassé sans un mot. L'étreinte a achevé d'effacer le souvenir de Julien. Adieu les rêves surannés de mariage, la baraque, les mômes. Charlie découvrait qu'elle plaisait. Elle n'a eu de cesse par la suite de vérifier ce constat.

Quand les pelotages approximatifs sur le dance floor de l'école l'ont lassée, elle s'est attaquée à des proies plus ambitieuses. Charlie composait son tableau de chasse comme on aligne les trophées ; notre jeune professeur d'économie, des frères jumeaux tour à tour, un mannequin-cabine The Kooples. Animée tout entière par l'excitation des premières fois, elle éconduisait ceux qui souhaitaient la revoir. Une photo lascive d'elle a circulé d'un téléphone à l'autre. L'ultime récipiendaire a été sanctionné, l'expéditeur initial, jamais identifié.

J'ai mis Charlie en garde à l'époque : « Méfie-toi, les gens parlent dans ton dos. » Elle a éclaté de rire. La manœuvre n'avait pas d'autre finalité. Charlie se délectait des messes basses, des regards en coin, de ma stupeur au récit de ses coucheries. Oui, elle avait glissé un mot équivoque dans sa copie de partiel ; le professeur, marié, était coutumier des cinq-à-sept adultères. Oui, elle avait séduit les deux frères. « Le même soir, pas en même temps, a-t-elle précisé avant d'ajouter : l'un des deux a un piercing Prince Albert si tu veux tout savoir ». Ce n'était pas le cas, mais j'ai opiné. Quant à l'épisode de la photo, elle l'avait elle-même orchestré pour attiser l'intérêt du président du bureau des élèves. L'image a produit l'effet escompté. L'étudiant lui a offert une cigarette et un verre de vodka-coca avant de lui rouler une pelle sur la banquette en skaï du Back Up, du Duplex ou d'une boîte de cet acabit. Ils ont conclu l'affaire à même la faïence des toilettes. Elle ne lui a plus adressé la parole de l'année.

Charlie a couché avec l'amour de jeunesse de Jeanne, Georges, sixième B du collège Pierre-Bourdan de Guéret, qui avait intégré notre école en admission sur titre pour devenir, je cite, trader, auto-entrepreneur ou directeur de la stratégie d'une entreprise du CAC 40. Elle a tenté d'embrasser Mathis qui, à mon grand soulagement, l'a repoussée. Jeanne et moi avons commencé à nous moquer d'elle. Nos taquineries, d'abord gentilles, se sont faites plus aigres. Charlie a saisi le message et nous a épargné la suite de ses conquêtes. Sa discrétion a sauvé notre amitié.

Pas étonnant qu'elle élude ma question après ça. Je lui présente mes excuses.

[De Charlie] : OK mais pourquoi tu t'es barrée ? Axel te cherche. Il veut te présenter Marc.

Marc, toujours Marc. Qui est-il ? Notre hôte m'a échappé toute la soirée. Il n'était pas dans le couloir lorsque je m'y trouvais, ni dans la cuisine quand Jeanne a voulu préparer des mojitos, ni dans le bureau où j'abreuvais Mélanie. Marc a occupé les conversations comme les esprits sans jamais se montrer. Marc est une arlésienne ; un bon mot que je ne résiste pas à la tentation de partager avec Mathis.

« Bien vu, me répond-il sans attendre. Il est insaisissable. »

Tout comme lui, je songe.

6.

1 heure. Avenue Bugeaud.

Des cristaux bordent les vitres de l'Audi et je les remarque à présent que je suis debout, à leur hauteur. Leurs branches dentelées fondent sous mon souffle. La buée opacifie la fenêtre, puis, déjà, le givre referme ses griffes. Je contourne le véhicule lorsqu'à nouveau la clarté m'éblouit, et une silhouette se découpe dans l'embrasure du hall.

« Léo ? Mais qu'est-ce que tu fais ? »

Le porche de Marc m'évoque un portail intergalactique. Il crache les voyageurs les uns après les autres, Johan, Alice, autant d'étrangers propulsés dans mon univers. Je ne reconnais pas l'arrivant cette fois-ci. L'éclat trop vif gomme ses traits ; qui, lorsque le battant claque, se fondent dans la nuit. Son timbre grave pourrait appartenir à n'importe qui. Mathis, par exemple, semblait décidé à me rejoindre. Il n'imaginait pas s'y employer si vite, je songe, mais l'autre lève le bras, et sa jovialité bonhomme balaie cette hypothèse.

« Léo ? » répète-t-il.

Je m'approche. Le visage se précise, son nez épaté, sa mâchoire carrée, un ami des garçons. Stéphane gravite autour de moi depuis des années. Nos échanges sont cordiaux, insipides. J'en oublie la teneur d'une rencontre à l'autre, si bien que j'ignore le métier qu'il exerce, les sports qu'il affectionne, s'il fréquente quelqu'un. Il insiste.

« Tout va bien ? Pourquoi tu te caches derrière cette voiture ?

— Et toi ? Pourquoi tu te caches dans cette cage d'escalier ? »

Il s'esclaffe.

« Tu me fais toujours rire ! »

L'adverbe est présomptueux au vu de la rareté de nos échanges. Des soubresauts agitent ses épaules. La blague n'est pas si drôle, Stéphane bon public, et enfin, sa silhouette trapue s'immobilise. Des larmes perlent au coin de ses yeux. Il les essuie puis reprend la parole, plus sérieux tout à coup.

« Je suis soulagé de tomber sur toi. Je t'ai cherchée partout. »

Il ajoute avec un rictus : « T'étais heureuse de me voir. T'as dit que je t'avais manqué. J'ai tout gâché. »

Je hausse les épaule. Il rejoue la scène, je l'arrête : inutile d'y revenir. Je me souviens de tous les détails.

Ma solitude après le départ de Jeanne, sa prévenance, notre discussion dans la cuisine de Marc. Nous avons enchaîné les tequilas paf, et il a suffi de quelques «je suis content de te voir», d'un ou deux «j'adore ta robe / tes yeux / tes cheveux» pour que Stéphane, de sympathique, m'apparaisse charmant et ses plaisanteries, pourtant convenues, irrésistibles. Blessée par le mépris d'Alice, j'ai enclenché la machinerie sans même m'en apercevoir. Je voulais plaire. Stéphane, puisqu'il était le plus proche, le plus disponible, faisait l'affaire.

«Laisse-moi te confier un secret. À six ans, j'étais un serpent à lunettes.»

Il a écarquillé les yeux. L'accroche, volontairement racoleuse, produisait son effet. Sa main a frôlé la mienne, et sous le nuage de la fumée des cigarettes, je me suis livrée.

Ma langue fourche, ai-je expliqué. Jusqu'à mes six ans je m'en moquais bien, mais à compter de l'école primaire, d'autres s'en sont moqués à leur tour, et j'ai dû composer avec cette faiblesse. Soraya la première s'est engouffrée dans la brèche. À la fin d'une récréation, elle s'est plantée devant moi avec ses Buffalos, sa Game Boy Color et sa diction parfaite. «T'es pas mon amie, a-t-elle décrété. T'es nulle, t'es grande et tu zozotes.» Trois centimètres et un abîme de popularité me séparaient d'elle. Jamais je n'avais exprimé le souhait de la fréquenter.

Elle est revenue à la charge la semaine suivante. « Tu zozotes et t'as des lunettes ! Serpent à lunettes ! » Nos camarades ont repris l'insulte. Soraya, reine des abeilles, savourait son petit pouvoir. J'aurais voulu qu'elle crève, la voir dévorée par un chien, renversée par un bus, car seule la violence pouvait laver l'outrage reptilien. Son châtiment a pris une forme plus modeste. Yasmine, brune boulotte d'un mètre douze, vingt-neuf kilos, a sauté sur ma tortionnaire. Sa taille réglementaire ne l'empêchait pas de remettre en cause les critères hiérarchiques. Soraya s'est écroulée au sol. Les adultes ont imputé l'attaque à une querelle amoureuse. Yasmine a nié, ils ont lâché l'affaire et puni l'assaillante.

J'ai pris place à ses côtés dès le lendemain. Yasmine avait scellé notre destin d'un crochet du droit. Le spectacle de Soraya, la jupe retroussée, les genoux en sang, la morve au nez m'a portée dans un état d'euphorie. J'ai redirigé ce trop-plein d'émotions vers son instigatrice, et nous ne nous sommes plus quittées.

Adossé au frigo, Stéphane s'est fendu d'un rire bête. Il me couvait du regard et j'ai apprécié l'attraction que j'exerçais sur lui. Je savais qu'à la fin de l'histoire, nous redeviendrions deux inconnus empoissés dans la pénombre crasse de l'après-minuit, prisonniers, lui de son désir pour moi, et moi de ma quête d'attention.

Les faveurs de Yasmine, ai-je poursuivi, mon discours bien rôdé, ne m'ont pas empêchée d'avaler des couleuvres. Récemment même, des anguilles. Mes collègues et moi déjeunions dans un japonais de la rue Sainte-Anne. Le serveur multipliait les erreurs. Personne n'avait commandé de sashimis d'anguille, ni de brochettes bœuf-fromage, ni de tofu aux épices et pourtant, les mets du menu F7 défilaient sur notre table. Lorsque je me suis enquise de mon chirashi, Axel a explosé de rire. J'avais choisi la formule S16. F7, S16, ma langue avait ripé et, mortifiée, je me suis emparée de l'anguille, du tofu et des autres rebuts. Je ne commande jamais de brochettes bœuf-fromage. Ces saloperies sont bonnes parce qu'elles sont dégueulasses. Personne ne souhaite voir son repas partager les attributs d'un porno.

À ce stade du récit, Stéphane a passé son bras par-dessus mes épaules. Puis, enhardi par mon accord tacite – après tout, je ne l'avais pas repoussé –, il m'a adressé un clin d'œil. « Moi je trouve ça plutôt excitant, les filles qui zozotent. » S'en est suivie une litanie sifflante. « Répète serpent, soleil, saucisson ? » Je me suis dégagée d'un mouvement brusque. « Salsifis, citrouille ? » Stéphane mitraillait les mots comme autant de balles qu'il se tirait dans le pied. « Salope, silex ? » Nous n'allions tout de même pas nous taper le dictionnaire. Qu'avais-je pu trouver à ce type ? Il était petit, épais. Un marcel côtelé marquait sous sa chemise. Je l'ai abandonné à ses allitérations et m'en suis retournée au salon. Je discutais avec deux invitées lorsque Stéphane m'a attrapée par la taille. Ma raideur a jeté un froid. Pour la justifier, j'ai narré aux deux filles les moqueries, le serpent à lunettes, la liste de Stéphane. L'une d'elles s'est étouffée de colère. Soixante années de féminisme pour en arriver là ? Elle s'est élancée à la recherche de notre hôte et Stéphane, penaud, s'est précipité à sa suite. L'autre m'a toisée de haut en bas. « Répète sopalin, cirrhose, sexe ? » Le rire d'Alice m'a sauté à la gorge. « Mme l'archiduchesse sait-elle chasser sans son chien ? » Stéphane a disparu de mes radars. J'étais persuadée qu'il avait quitté la fête après l'esclandre.

Et le voilà à nouveau, deux heures plus tard, sur le seuil de l'immeuble. Je me sens un peu coupable. Lui n'a pas l'air fâché.

« Tu rentres ? Je t'accompagne jusqu'au métro, propose-t-il.

— C'est gentil. Je vais de l'autre côté. »

Je désigne vaguement la rue ; j'ignore dans quelle direction se trouvent les transports en commun. Stéphane lorgne vers ma jambe.

« Merde, qu'est-ce qui t'est arrivé ? »

Gênée, je tire sur mon manteau. La plaie est toujours vive. Autour, des plaques blanchâtres durcissent les fibres du collant. J'ai voulu désinfecter la blessure avant de partir, mais la vodka avait été vidée tout entière dans un saladier, et ses vertus antiseptiques dissipées dans un cocktail sirupeux.

« C'est rien, juste une égratignure. En fait j'attends quelqu'un, je mens.

— Je me demandais pourquoi t'avais pris du vin. Écoute, tout à l'heure, j'ai cru que… Je suis désolé, répète-t-il.

— T'inquiète. Oublie ça. Il s'est rien passé, tu m'as pas vue. D'accord ?

— D'accord. Bonne soirée alors. Encore désolé. »

Stéphane s'éloigne. Après dix mètres, il se retourne, et je coince la vinasse sous mon coude pour lui adresser un signe. J'ai attrapé cette bouteille au sortir de l'appartement, sans trop savoir pourquoi, ne pas rentrer vaincue sans doute. Je la traîne comme un fardeau depuis lors. Un vent froid s'engouffre dans la rue. J'éternue, et elle explose dans le caniveau.

7.

1 h 10. Avenue Bugeaud.

Les tessons gisent à mes pieds. Sur l'étiquette, l'année 1990 présageait un bon cru. Il abreuvera le bitume, et les invités, tour à tour, constateront les dégâts en quittant la soirée. J'éternue à nouveau. L'éclat résonne contre les façades minérales. Il est temps de rentrer.

Alice et Johan se sont dirigés vers la droite, et je me glisse dans leur sillage, étonnée qu'ils n'aient pas commandé un taxi plutôt que de tituber dehors comme des ivrognes. À moins qu'ils habitent le coin. Axel vient d'acheter par ici, un deux-pièces situé juste de l'autre côté du périphérique, au rez-de-chaussée d'une résidence de Levallois-Perret. Il se targue d'atteindre La Défense en moins de quinze minutes. Le centre d'affaires est devenu son centre de gravité. L'achat immobilier atteste de sa réussite. Ce serait bien le genre d'Alice et de Johan de se conformer à ce type de marqueur, je songe, en boitant le long du trottoir.

Ce soir, leur mépris m'a blessée. Les avances de Stéphane m'ont embarrassée. J'apprécie l'ironie de la situation à mesure que je m'enfonce dans la nuit : l'attention d'autrui m'incommode autant que son absence.

Lorsque je ressasse les événements de la soirée, l'image d'Alice supplante toutes les autres. Elle évoluait en terrain conquis, et la formule m'aurait semblée convenue si la domination n'avait pas été aussi manifeste. Les visages s'éclairaient à son approche. Les danseurs lui ouvraient leur cercle. Mathis la dévorait des yeux et moi qui le cherchais lui, je me suis vue reléguée au plus bas niveau de l'échelle.

Dans un film américain, elle ferait partie de l'équipe des pom-pom girls. J'incarnerais quant à moi l'étudiante un peu gauche, celle qui reste sur le banc de touche, qu'on ignore jusqu'à ce qu'elle déraille. C'est ce qui s'est joué tout à l'heure, dans la cuisine, dans ma tête. Avide de vengeance, je me suis vue pousser Alice par-dessus la balustrade. J'ai senti ses omoplates saillantes sous mes doigts, j'ai perçu le choc de son corps contre les pavés, j'ai entendu Johan ânonner des conneries comme *personne n'avait rien vu venir, Léo était une invitée sans histoire*. Je les déteste. Tous autant qu'ils sont, plus je les fréquente, plus ils me fascinent, plus je les hais. Seul Mathis a échappé au pilori. Du magma des émotions a émergé une attirance torse. J'ai voulu le séduire pour le soumettre. J'ai échoué, bien sûr.

Lasse de convoitise, au renouveau de janvier, j'ai décidé de grossir leurs rangs. Cette résolution valait bien un régime. Mathis figurait le repère idéal pour mes rêves de transfuge et j'ai scruté ses gestes, sa posture, son phrasé. À l'approche de ses évaluations annuelles, il impose sa confiance comme ses doléances. En l'absence de ses collègues, il déjeune seul au réfectoire, la tête haute, parce qu'un repas chaud vaut mieux qu'un sandwich englouti à la hâte, terré au fond de la cafétéria. Coincé dans un pince-fesses quelconque, il siffle ses amis. J'ai compris qu'il ne nous invitait pas par bonté, mais pour conforter son prestige. Les jolies filles captent les regards. Charlie, Jeanne et moi sommes ses faire-valoir.

Comme le sportif prépare son entraînement, j'ai listé les défis à relever pour me glisser dans sa peau. Refuser les options qu'une opératrice télécom s'acharne à me refourguer. Cesser de bégayer que «oui, non, je n'ai pas vraiment d'expérience managériale» face aux recruteurs. Exiger une promotion, un geste commercial, une attention. Mais avant tout, déjeuner seule.

L'épreuve de la cantine me semblait de toutes la plus abordable. Je me suis donc installée dans un coin de la salle, mon livre calé contre un broc d'eau. Tordue par-dessus les pages, j'ai guetté de mes voisins un signe, la confirmation qu'ils saisissaient mon indifférence. L'un d'eux s'est dirigé vers moi. J'ai détourné le regard. Il s'est emparé de la carafe. L'absence de contrepoids a propulsé Gabriel García Márquez dans ma blanquette de veau et m'a condamnée, par sa noyade, à cent repas de solitude.

Le lendemain, j'ai avalé un sandwich mixte devant mon poste de travail en simulant une activité intense. Je scrollais mon fil d'actualité Facebook lorsqu'un collègue, dont je ne me rappelais plus le prénom, s'est planté devant moi.

« Mon coloc fête ses trente ans à l'appart. Passe après le boulot, si ça te dit.

— Avec plaisir », me suis-je entendue répondre avec horreur.

Pas question de jouer les potiches entre le saladier de punch et le guacamole. Je me suis tartiné le visage d'un fond de teint opaque, j'ai pris mon courage à deux mains et, le soir venu, j'ai multiplié les pirouettes. Je m'accrochais aux sourires d'encouragement comme un vieux clown triste. Mon collègue a apprécié la performance. J'en gardais un souvenir douloureux et confus. L'exercice avait absorbé mon énergie tout entière alors, foutue pour foutue, je me suis réengagée auprès de mon opérateur télécom. Échec et mat.

Aucun événement ne mérite tant de peine. Ces longs mois d'efforts m'avaient laissée pantelante.

Neuf mois de gestation n'accouchant de rien, sinon du soulagement de ne plus faire semblant. J'ai abandonné mes résolutions comme mes velléités mondaines. À défaut de me rendre sociable, me suis-je rassurée, la maturité m'a rendue sélective.

Et me voilà ce soir, bernée une fois encore, claudiquant sur l'avenue. La présence de mes amis a trompé mes défenses. Le cuir de mes chaussures taillade celui de mes pieds. Je pensais évoluer en terrain connu ; une poignée d'heures plus tard, j'erre seule dans Paris. Une intersection se dresse devant moi. J'ai dû dévier de l'itinéraire car je ne reconnais aucune des alternatives. Tout droit, les immeubles alignent leurs pierres anonymes. À gauche, la chaussée s'enfonce dans l'obscurité. Les tubes d'une enseigne commerciale clignotent sur ma droite. Que ferait Mathis ? Il hausserait les épaules et commanderait un taxi. Alice s'approcherait de la lumière, sans doute. Je l'imagine grésiller contre la lampe comme un insecte pris au piège, et je songe qu'ils peuvent bien aller se faire voir, tous autant qu'ils sont.

Je m'engage sur la gauche. L'ombre masque les crottes des chiens. Plus loin, l'angle d'un trottoir saille, les ordures s'amoncèlent au milieu du passage. Chaque pas m'arrache une grimace. J'ai froid, j'ai peur, j'ai mal. Le sang ne laisse aucun doute. Pour le reste, Marc, Axel, Mathis, je m'enfonce en eaux troubles.

Ils nous réservaient une surprise? Celle qui m'a lacéré la cuisse était dispensable. Les lambeaux de mon collant tranchent la chair comme un gigot. Je sonde les façades, le néon épileptique, la décharge dans laquelle j'évolue. Je me suis engagée sur la voie la plus périlleuse par bravade mais il n'y a pas de public, personne pour attester mon aplomb, et soudain, je me sens stupide. L'impasse m'oppresse. Je n'ai rien à faire ici.

Je bifurque vers la droite. Le quartier s'anime à mesure que je rallie les rues commerçantes. Les derniers clients s'attardent dans les bars à la mode. Assis, au chaud, ils plaisantent entre amis tandis que je me presse loin des miens. La buée qui se condense contre les vitres forme une barrière entre nous. Derrière, les visages sont floutés, les rires excessifs, trop sonores pour être honnêtes. Cette joie outrancière ne peut être que factice. J'ai presque réussi à m'en convaincre lorsqu'une enseigne m'arrête net. Neuf lettres d'or se détachent sur une devanture claire. Le restaurant huppé qu'elles signalent s'appelle la Java Bleue. Mathis nous a proposé d'y boire un verre ce jeudi. Moi aussi, j'aurais pu me trouver de l'autre côté.

Ni Jeanne ni Charlie n'étaient disponibles avant-hier. Leur absence a ravivé mes angoisses, et j'ai enclenché le compteur.

« Qui vient ?

— Axel et nos potes de prépa, Johan, Candice et Ben. »

Le premier nom ne m'évoquait rien. Candice était une liane magnifique, dont les charmes m'éclipseraient rapidement. Quant à Ben (Benoît ? Benjamin ?), il avait fait une irruption fracassante dans le paysage quatre mois auparavant, en séduisant Jeanne à la fin de la soirée d'anniversaire d'Axel. Il portait une grosse ceinture Armani. J'ai détesté la nonchalance étudiée avec laquelle il abrégeait les mots, du *frometal*, une *propale*, le *métral*, mais Jeanne, conquise, a singé sa diction et lui, flatté, l'a entraînée vers la chambre.

« Il y a une vraie connexion entre nous, s'est-elle emballée. On dirait qu'on se connaît depuis toujours. En plus, il a une moto. »

Ben l'a rappelée au septième jour. Il se languissait de la revoir ; pourvu que personne ne le sache. Inutile d'étaler leur *liaisal* au vu et au su de tous. Le concept de couple était éculé. Eux valaient mieux que ça. Jeanne a promis de ne rien dire à Axel et ils ont passé la nuit ensemble. L'ami d'ami, la fête d'anniversaire, l'interdit, tous les ingrédients étaient rassemblés : elle tentait de reproduire mon histoire avec Gaël.

Mais Ben n'était pas Gaël, et il multipliait les écarts. Jeanne excusait chacun de ses manquements. Sa crainte de l'engagement : une rupture difficile. Sa distance : une sensibilité exacerbée. Ses lapins à répétition : un travail exigeant. Il lui a présenté ses excuses et ses parents, puis il l'a emmenée à Rome avant de disparaître à nouveau. «J'ai hâte que tu apprennes à le connaître», me répétait-elle. Ben a eu un empêchement, un cours de sport, et l'occasion ne s'est jamais présentée.

Sa venue ce jeudi m'a intriguée, puis effrayée. Il n'avait pas signalé le moindre intérêt à mon égard lors de l'anniversaire d'Axel. Avais-je envie de dépenser cent balles pour boire de mauvais cocktails avec des gens qui se foutaient de moi? J'ai décliné.

Le soir dit, seule chez moi, je me suis connectée sur Instagram. Les photos du concile ont émaillé mon fil d'actualité. Mathis grignotait d'appétissants beignets de poulpe. Un herpès atroce déformait les lèvres de Candice. Ben n'était pas là mais Jeanne, appâtée par son évocation sûrement, s'était jointe au groupe. Elle trinquait avec Charlie en riant. J'aurais pu me trouver à leurs côtés. J'aurais dû m'y trouver, et je ne pouvais m'en prendre qu'à moi-même.

Un groupe de trentenaires quitte la Java Bleue. Ils frissonnent dans l'embrasure du restaurant, puis allument une cigarette sans un regard pour moi. Le monde de Mathis me rejette comme une greffe. Mes tentatives n'ont berné personne. Alors, frustrée, je m'éloigne de la vitrine et je poursuis ma route. Quelque part, dans l'un des millions d'appartements de la capitale ou derrière la porte d'un bar, Gaël guette mon retour; un soulagement autant qu'un échec.

8.

Vendredi.

Gaël et moi avons passé la soirée ensemble hier. Sans doute est-ce l'une des raisons pour lesquelles je suis sortie sans lui ce samedi. J'avais fait le plein de son affection.

« On se fait un resto ? a-t-il suggéré vendredi après-midi.

— Avec plaisir. Tout sauf la Java Bleue. »

Sa proposition m'offrait une revanche appréciable sur la déconvenue de la veille, qui, pour autant, me restait en travers de la gorge. Gaël m'a lancé un regard interrogateur.

« C'est snob. Et c'est le seul endroit dont j'ai retenu le nom. »

Il a éclaté de rire. Un jour où il m'avait donné rendez-vous, je m'étais dirigée vers la première adresse suggérée par Google Maps, un PMU crasseux qui ne partageait que son nom avec le restaurant romantique dans lequel Gaël m'attendait. Depuis, mes lacunes le fascinent. J'accentue le trait par coquetterie. On trouve une Rotonde, un Bar'ouf ou un Café des Sports à tous les coins de rues à Paris.

Il m'a tendu son portable. La fiche du Lima Express s'affichait sur Mapstr, l'application grâce à laquelle il s'improvise critique culinaire et traque les adresses en quête d'une brasserie bistronomique, économique, centrale, orientée plein sud, animée sans être bondée. La moyenne attribuée par les visiteurs plaçait le restaurant en tête des gargotes du quartier. Mel78 avait apprécié la propreté des toilettes, JonathanB le large éventail d'IPA à la carte. Yasmine elle-même avait épinglé l'endroit. Comme Gaël, elle évalue, cartographie, compile. Les opportunités s'accumulent sur son téléphone, presque instantanément dépassées. Dans un monde où la valeur de l'information surpasse celle du temps, mieux vaut consigner à tort que louper le coche.

J'ai proposé à Yasmine de se joindre à nous. Gaël a renchéri en conviant David, ce qui m'a contrariée. Il avait beau me soutenir le contraire, j'étais certaine de ne l'avoir jamais rencontré. Sa présence changeait la donne et j'ai prié pour que David m'apprécie, comme si son jugement pouvait affecter mon couple.

L'autre s'est pointé en avance. Les spots du restaurant brillaient sur son crâne lisse. J'ai sondé ses traits, si durs et si communs, sans parvenir à déterminer si je le connaissais.

« Bienvenue à notre double *date* ! » s'est-il esclaffé.

Gaël a souri poliment et nous sommes restés là, debout sous l'auvent, silencieux dans le froid. Yasmine nous a rejoints dix minutes plus tard. Enfin, nous avons noyé notre embarras dans la salle comble et bruyante de la cantine péruvienne.

Des serveuses chapeautées d'un *chullo* pourvoyaient les tablées en Cusqueña fraîches. Les musiciens scandaient le *huayno* à grand renfort d'accordéon. Le rythme était vif, endiablé ; sa mélodie célébrait les rires et l'amitié. De longs comptoirs remplaçaient les tables individuelles. Je me suis installée sur la banquette que me désignait Gaël.

« C'est sympa », a commenté David en se serrant contre Yasmine.

Partout les gens criaient, gloussaient, s'invectivaient. Des femmes en costume traditionnel dansaient, flamboyantes, sur l'estrade. Deux petites vieilles complotaient dans un coin. Les cochons d'Inde tournoyaient sur les broches et j'ai songé à l'élégance feutrée de la Java Bleue, aux beignets de poulpe de Mathis. Je me suis demandé ce qu'il penserait de cet endroit.

« Tout va bien ? s'est inquiété Gaël.

— Oui. Je suis heureuse d'être ici », ai-je menti.

À peine David avait-il jeté un regard dans ma direction. Yasmine, qu'il rencontrait pour la première fois, le captivait tout entier.

« Alors Yasm', l'a-t-il apostrophée, quoi de neuf ? »

Mon amie s'est recroquevillée sur elle-même. Gaël a hélé la serveuse tandis que j'étudiais le menu. La table poisseuse me collait aux coudes.

« Et ton boulot, Léo ? » a persévéré David.

J'ai haussé les épaules. Puis, parce que ses efforts avaient quelque chose de navrant, qu'ils me renvoyaient à mes propres défaillances peut-être, j'ai relevé la tête.

« Ça va. Et toi ?

— Bof, j'ai attrapé un mauvais rhume à force de bosser dehors. »

Je ne me souvenais pas du métier qu'il exerçait. David a toussé et j'ai reporté mon attention sur nos voisins, qui acclamaient l'arrivée d'une bouteille de *gran tinto tacama*. Leur gaieté soulignait notre raideur. David enchaînait les questions bateau. Yasmine répondait sans entrain. Gaël scrutait son menu. J'ai craint qu'en s'ennuyant avec moi, il ne s'ennuie de moi et, par nécessité plus que par plaisir, je me suis jetée dans l'arène.

« Vous avez vu le reportage d'Arte sur les tortues à nez de cochon ? Elles risquent de disparaître. Les braconniers revendent leurs œufs huit dollars pièce sur les marchés asiatiques.

— Huit dollars, c'est pas énorme», a remarqué David.

La serveuse s'est approchée de notre table. J'ai commandé une tournée de *pisco sour* pour dérider les troupes. J'ignorais où David voulait en venir.

«Les espèces menacées portent toutes de drôles de noms, s'est amusé Gaël. Le léopard de l'amour, le gecko à queue feuillue, les tamarins pinchés…

— Pinché ? Ça veut dire quoi ? a gloussé Yasmine.

— D'après Wikipédia, c'est un nom vernaculaire ambigu. »

Ils ont rigolé de concert. Yasmine couvait David du regard. J'ai levé mon verre et nous avons trinqué à cette soirée étrange, où David lorgnait Yasmine, qui plaisantait avec Gaël. Peut-être était-ce réellement un double *date*.

«C'est toi qui a choisi le resto, Yasm' ? l'a relancée David avec cette familiarité agaçante qu'il affectait depuis le début du repas.

— Non. Mais j'aime bien ces grandes tablées, c'est convivial. »

J'ai observé la salle, ces inconnus avec qui nous n'échangerions en définitive pas un mot.

«Charlie est revenue à Paris, ai-je poursuivi à l'attention de Yasmine. Elle organise une petite crémaillère demain. On sortira sans doute après. »

Je n'avais pas informé Gaël du grand raout des garçons, celui-là même qui m'avait valu de découvrir, quinze jours plus tôt, leur étrange invitation. Le fait que nous nous retrouvions d'abord chez Charlie en facilitait l'omission.

« Samedi, je dois garder mon frère, a regretté Yasmine.

— Et moi je fête mon anniv, s'est mépris David que je ne comptais pas inviter. Il faut que vous veniez ! »

L'arrivée des assiettes m'a épargné toute réponse. Des patates nappées d'une crème épaisse figeaient dans la mienne. Gaël et David partageaient un cochon d'Inde. D'entre les trois, le ceviche de Yasmine était le plus appétissant. J'ai tendu le bras par-dessus la table pour l'immortaliser, et le flash s'est réverbéré contre la surface humide du flétan.

« Mon poisson aussi, tu veux me le piquer ? » a-t-elle grincé.

Son rire sonnait faux. J'ai rangé mon téléphone et je me suis attaquée à mes *papas a la huancaina*.

La suite de la soirée s'est déroulée sans anicroche. Nous avons fini notre plat, nos boissons, et lorsque David a proposé de commander un dessert, j'ai réclamé l'addition. Nous avons quitté le restaurant et nos amis vers 23 heures. Gaël avait passé une excellente soirée. J'ai décongelé une part de cheesecake tandis qu'il se dirigeait vers la salle de bains.

« Bon appétit Léo », a-t-il chantonné, d'une extrême bonne humeur.

La tuyauterie s'est enclenchée. Voilà à quoi se résumait ma vie, ai-je extrapolé face à la cuisine vide. Un restaurant sans histoire, des conversations attendues et Gaël, dans la pièce d'à côté, si proche et si loin de moi. Le gâteau industriel me donnait la nausée. C'était l'archétype même du cheesecake avec sa crème fouettée, son triangle parfait et ses strates artificielles. Je l'ai photographié, puis jeté à la poubelle. Douze *likes* ont salué l'image sur Instagram. Le poulpe de Mathis en avait récolté soixante-quatorze la veille. J'ai passé l'assiette sous l'eau et éprouvé une curieuse satisfaction à ne pas utiliser de liquide vaisselle.

« Tout va bien ? Tu t'es régalée ? »

Gaël me revenait nimbé d'un voile de vapeur.

« C'était délicieux. Va te coucher, je passe un coup de fil à Charlie et j'arrive. »

Il a disparu dans un baiser. Charlie a décroché à la troisième sonnerie. Je souhaitais savoir si elle en avait appris davantage au sujet de la surprise des garçons. Ce n'était pas le cas, et elle ignorait toujours pourquoi, après nous avoir vendu la soirée du siècle, Axel avait suggéré que nous nous retrouvions chez elle. Affaire à suivre, a-t-elle conclu, distraite. Alors, pour capter son attention, j'ai égrené des ragots factices, les prémices d'une histoire entre Yasmine et David. Il était minuit lorsque j'ai rejoint Gaël. Minuit pile, quatre zéros bien alignés, lisses et insipides.

9.

1 h 20. Station Victor-Hugo.

La station Victor-Hugo se dresse devant moi. Il ne me semble pas que nous soyons arrivés par ici tout à l'heure, ni que l'arrêt m'ait été signalé comme étant le plus proche. Il l'est à présent. Je me hâte jusqu'à sa bouche, aussi vite que me le permet ma jambe. Un vent tiède s'échappe quand je m'y engouffre et, misérable, je me love dans le giron de Victor Hugo.

Au-dedans, le hall ressemble à tous les autres. Des affiches cartographient les environs. Les lignes du métro, les rues, l'itinéraire des bus quadrillent le papier. J'évoluais jusqu'alors en zone inconnue ; le territoire s'avère maîtrisé, et moi, en sécurité. Dans sa cahute, la guichetière somnole. À peine lève-t-elle les yeux lorsque j'entre dans son antre. Son désintérêt confirme l'évidence : ici, je suis la bienvenue. J'enclenche le pilote automatique. Des flèches vertes m'invitent à avancer ; j'avance. Un bip familier confirme le déblocage du tourniquet. J'en dégage le tambour d'un mouvement du bassin. Derrière, le couloir s'ouvre en deux escaliers. Les écriteaux qui les surplombent indiquent respectivement Nation et Porte-Dauphine. *Heureux qui comme Ulysse a fait un beau voyage*, clame le triptyque publicitaire d'un comparateur de vols. Des éclats de rire remontent des souterrains. Ma cuisse même m'est moins douloureuse. Comme Ulysse, je rentre au pays. Mes yeux s'humidifient sous l'effet conjoint du soulagement et d'un courant d'air moite.

Assise sur un siège de plastique vert au milieu du quai, j'ai le sentiment qu'enfin quelque chose se dénoue. Le chaos qui m'a submergée ce soir s'apaise peu à peu. Chaque chose retrouve sa place, moi la première, et depuis son confort, j'observe la plateforme qui me fait face. Une quinzaine de personnes y patiente. Un vieil homme feuillette le journal. Je me demande ce qui l'a attiré dehors, si tard. Qu'espère-t-il qui ne puisse attendre le lever du jour ? Qu'offre la nuit au crépuscule de la vie ? À ses côtés, une femme pianote sur son téléphone. Des adolescents s'échangent une bouteille au goulot de laquelle ils boivent tour à tour. L'un d'eux intercepte mon regard. Il me gratifie d'un sourire puis replonge dans son monde, et moi dans le mien. Le métro passe. Ils disparaissent. Demeure le sentiment de bien-être.

Privée du spectacle des voyageurs, je m'empare de mon téléphone. Une alerte lumineuse clignote en haut de l'écran.

[De Mathis] : Petit contretemps. Quelqu'un a pris le bordeaux 1990 que j'ai acheté pour Marc. Je règle ça et on te rejoint.

J'ai dû manquer de peu le train précédent car, au-dessus de ma tête, l'affichage annonce le prochain dans neuf minutes. Un rat traverse les voies. Hamelin toujours échoue. Pauvre Marc, je songe. La bouteille que j'ai laissé choir contenait un nectar spécialement choisi pour lui. Il nous a accueillis, abreuvés, nourris, et sans le vouloir, je l'ai privé de son dû. Pauvre Mathis, je poursuis mais cette fois, l'ironie de la chose m'arrache un sourire. Tel est surpris qui croyait surprendre. Mathis voulait se démarquer par son offrande somptueuse; pêché d'orgueil puni de ma main. Ses rêves de grandeur fracassés en plein vol, il laissera pour seules traces quelques empreintes au sol, une ombre sur les photos et des conversations déjà oubliées.

Sur le quai d'en face, la femme qui occupait l'unique assise se lève pour examiner le distributeur de sucreries. Aussitôt un homme prend sa place. De la même manière, ce soir j'ai investi celle de Mathis. L'important n'est plus ce qu'il fait, lui, mais ce que j'accomplis, moi. Mes actes ont un impact. Ils altèrent ses projets. Que fait Léo ? Elle s'introduit dans le bureau condamné. Elle jette l'opprobre sur Stéphane. Elle s'empare de l'objet de tous les désirs, cette foutue bouteille de pinard, et ensuite ? Le constat est sans appel. J'ai manqué d'envergure. Ma frustration méritait un exutoire grandiose et j'aurais dû faire sauter les plombs, balancer les souliers par la fenêtre, mélanger le contenu des sacs dans l'entrée, m'adonner aux mille autres petits sabotages grâce auxquels, enfin, j'aurais apposé mon sceau.

Je rallume mon portable. Mes doigts dansent sur les touches. Ils composent des phrases excessives, copiées-collées dans une seule optique : reprendre le contrôle. J'écris, j'espère que tu passes / as passé un bon moment. Je suis heureuse de t'avoir vu(e) / triste de ne pas l'avoir fait. Embrasse bien Marc / Alice / ton frère. Les messages fusent à destination de mes amis. Puis, magnanime, je me fends d'un mot pour Stéphane, cet imbécile qui pensait pouvoir me mettre dans son lit.

Les chiffres qui me surplombent dégringolent peu à peu. De tous les protagonistes, j'ai gardé le meilleur pour la fin. Il y aurait tant à dire à Gaël. La nuit inspire des discours déraisonnables, mais sous les néons crus du métro, une dernière pudeur me retient. Je m'étais engagée à modérer mon ivresse, à arrêter de fumer. L'odeur de tabac qui sature mes cheveux trahit ma faiblesse, et je rentre le maquillage défait, les collants troués, chaque parcelle de mon corps imprégnée de l'aigreur d'une soirée d'excès. Gaël me connaît si mal. Alors, je n'écris rien.

Le prélude à notre rencontre s'est joué il y a six ans, intérieur nuit, chaleur moite. Yasmine m'avait donné rendez-vous dans un bar du 11e arrondissement. Nous étions en janvier ; j'avais vingt-quatre ans.

« Avec Paul, c'est fini », lui ai-je annoncé.

J'ai soupiré, par convention davantage que par chagrin. Il ne s'agissait pas réellement d'une rupture. Paul et moi nous étions rencontrés lors d'une soirée de l'école. Je l'avais revu cinq ou six soirs, sans engagement, selon les modalités à la mode. Le problème avec les relations superficielles, c'est qu'on en fait rapidement le tour.

« Je me demande bien ce que tu lui trouvais, a-t-elle remarqué. Laisse-moi te présenter des mecs plus intéressants. »

J'ai interpelé le serveur pour commander une carafe de blanc. Yasmine sirotait un thé glacé. Elle attendait le grand amour et s'astreignait, pour optimiser ses chances, au régime Dukan. Axel avait perdu vingt kilos grâce à lui. Yasmine espérait répliquer ce résultat prodigieux.

« Tu mérites mieux », a-t-elle ajouté.

J'en étais convaincue. Mais faire des blagues exposait moins que de faire confiance, et, de ce point de vue-là, la séparation de Charlie et Julien avait été édifiante.

Trois années se sont écoulées avant que je baisse ma garde, durant lesquelles Yasmine a réitéré sa proposition sans succès. Jusqu'à cet après-midi-là. Nous nous étions retrouvées pour prendre un café. Gaël, son meilleur ami d'enfance, venait de partir. Je ne l'avais pas revu depuis l'école primaire. Il portait un T-shirt imprimé de poissons tropicaux. Son humour m'avait surprise ; comme l'éclat vert de ses yeux. J'ai touillé le liquide dans ma tasse, et inspiré une grande bouffée d'air frais.

« Il me plaît. Félicitations, c'est lui que tu devais me présenter.

— N'importe quoi ! s'est-elle opposée. Je l'ai pas fait venir pour ça, vous n'iriez pas du tout ensemble ! »

Dans ma main, la cuillère s'est immobilisée. Le café gouttait sur la nappe de papier. Des plaques rouges coloraient les joues de Yasmine. Ses parents et ceux de Gaël habitaient deux maisons mitoyennes, leurs enfants élevés ensemble, littéralement collés l'un à l'autre. Yasmine s'était éloignée de lui lorsqu'elle m'avait rencontrée. Notre amitié ne souffrait aucun partage. Le collège avait achevé de distendre leurs liens. À l'époque, elle tentait de rattraper le temps perdu. Elle avait convié Gaël à une exposition, à ce café, à son anniversaire le mois suivant. J'ai compris qu'il n'était pas étranger à ses rêves romantiques. Mais j'appréciais Gaël, sa simplicité aux antipodes du charisme solaire de Mathis. Le béguin de Yasmine renforçait mon intérêt. J'ai haussé les épaules, et nous avons liquidé nos tasses en silence.

Gaël serait donc présent pour les vingt-huit ans de Yasmine. Cela m'a réjouie autant que terrifiée. Le jour dit, j'ai essayé une bonne douzaine de robes avant de retenir la plus courte, la plus ajustée. Dans le miroir de mon studio, elle m'avait parue fatale. J'ai regretté mon choix à peine l'appartement quitté. Qu'est-ce que j'espérais avec ces fringues de pétasse ? Gaël n'avait pas l'air du genre clinquant. J'aurais mieux fait d'enfiler quelque chose de subtil, une combinaison habillée. Sans compter la cruauté de jouer les bimbos le jour où Yasmine, petite et dodue, fêtait son anniversaire. J'ai estompé mon rouge à lèvres avant de sonner. Elle m'a ouvert en personne, a scruté mon corps, et j'ai compris que j'avais fait mouche.

Gaël discutait avec une blondasse au fond du salon. J'ai complimenté son interlocutrice sur sa tenue ringarde et elle, ravie, m'a présentée à la ronde. Ainsi a débuté la parade amoureuse. J'exhibais comme un trophée mon amitié avec Yasmine. Des éclats de rire saluaient mes anecdotes. J'avais conscience d'en faire trop mais plus j'affabulais, plus Gaël s'approchait. Il m'a tendu une bière et tandis que Yasmine soufflait ses bougies, nous nous sommes écroulés, hilares, sur le canapé.

Je me sentais heureuse, minable, irrésistible, honteuse. Asphyxiée par ces sentiments contradictoires, j'ai repoussé Gaël et fui l'appartement. Dans les rues se pressaient les fêtards. Pourvu qu'il me suive, ai-je imploré en guettant son visage parmi leurs faces anonymes. La station de métro s'est vidée puis remplie comme une écluse. Échouée sur le quai, j'ai laissé filer un train. Mes phalanges étaient devenues blanches à force de croiser les doigts. Lasse, j'allais grimper dans un wagon lorsqu'enfin sa silhouette s'est découpée au sommet des escaliers, et Gaël s'est dirigé vers moi.

Après cette première nuit, nous nous sommes manqués quelques fois. J'ai ignoré ses messages par calcul. Puis, saoule, je m'en suis repentie dans un long monologue. Gaël a répondu poliment. Sa courtoisie laissait peu de prises auxquelles m'accrocher.

Alors un soir, n'y tenant plus, j'ai allumé mon téléphone et éteint la lumière. Dans le noir j'ai rassemblé mon courage.

« Salut Gaël. Tu fais quoi ? On se voit ? »

Il a lu le message. Tapé quelques mots, effacé, puis il a écrit à nouveau.

« Maintenant ? Il est minuit passé.

— Cette semaine je veux dire. Pour un café.

— Pourquoi pas. »

Gaël s'est déconnecté. J'ai relu notre échange. Il avait dit *pourquoi pas*, et non *avec plaisir*, ni *excellente idée*. Juste cette formule lapidaire, d'une désespérante amabilité, *pourquoi pas*.

Nous nous sommes retrouvés le mardi suivant dans un bistrot sans attrait. Je déblatérais pour tromper l'angoisse, évoquant tour à tour les grèves, le rafraîchissement des températures et l'annulation d'une réunion lorsque Gaël, le visage grave, a posé ses coudes sur la table.

« Dis-moi ce que tu attends de nous, Léo. »

L'air était humide, le ciel crépusculaire. Mes mains se sont mises à trembler. La bière giclait de part et d'autre de mon verre tandis qu'il déversait ses doutes. L'idée taraudait Gaël depuis l'anniversaire de Yasmine. Il ignorait quoi penser de tout cela, de notre histoire bancale, de nos caractères dissemblables. Aucune chance pour que cela fonctionne. D'ici deux ou trois mois, nous nous rendrions compte de l'absurdité de la chose et il préférait s'épargner l'humiliation d'un échec.

Quelque chose s'est effondré à l'intérieur de ma cage thoracique. Dans un ultime sursaut, j'ai opposé à son pragmatisme un aplomb feint.

« D'ici deux ou trois mois, tu ne pourras plus te passer de moi. »

Gaël s'est tu. Il a souri, et pris le risque.

10.

1 h 35. Ligne 2. Stations Victor-Hugo, Charles-de-Gaulle-Étoile, Ternes, Courcelles, Monceau, Villiers, Rome, Place-de-Clichy, Blanche, Pigalle, Anvers, puis Barbès-Rochechouart.

[De Gaël] : Encore un message sans réponse et je commence à m'inquiéter. Sois prudente. Je vais pas tarder.

Je m'empresse de le rassurer. Tout va bien, la soirée est excellente, je rentrerai en taxi. Je lui dis qu'il me manque, que j'ai hâte de le retrouver puis, me souvenant de mes cernes, du vin qui noircit mes lèvres, je corrige : je vais rentrer tard, surtout ne m'attends pas, je ne ferai pas de bruit. Une bonne douche lavera mes excès. Il me faut juste un peu de flotte ; un bain de jouvence. J'enfonce deux chewing-gums dans ma bouche. La menthe fraîche hâte ma rédemption.

Assise sur mon siège, j'ai la sensation d'être là, immobile depuis des siècles. Neuf minutes valent une éternité. Mes muscles s'engourdissent. Je vais me statufier comme sainte Geneviève, elle qui veille sur les navires du haut du pont de la Tournelle. Pour conjurer le sort, j'étire mes jambes. Les articulations craquent. La vie reprend. L'impulsion ranime ma blessure, qui, à nouveau, pulse d'un mal lancinant. Il y a quelque chose d'animal à cette souffrance vive, de fascinant aussi. L'expression qui me vient à l'esprit, né de la cuisse de Jupiter, traduit bien ce ressenti. Une force autonome irrigue le membre. Un cœur étranger bat sous ma peau. En surface, les trous du nylon exposent une chair luisante, boursouflée, dont l'aspect m'évoque celui d'un matelas d'eau. Je tapote l'épiderme qui ondule sous mes doigts. Lorsque je le pince, comme pour percer un furoncle, la douleur me poignarde, mais rien ne sort. Ces expérimentations m'aident à apprivoiser mes stigmates. Mon corps meurtri mute et me grise. Heureusement que je suis vaccinée contre le tétanos.

Je photographie ma cuisse pour suivre sa déchéance. Puis, parce qu'en gros plan avec le flash, le rendu est vraiment impressionnant, je partage le cliché avec Mathis, Charlie et Jeanne.

Une femme s'est assise à côté de moi le temps de l'autopsie. Elle suit mon manège d'un œil réprobateur, fronce les sourcils lorsque je tente d'expurger le pus. Dans les quarante-cinq ans, de grosses boucles en toc aux oreilles, elle serre son sac à main fort contre sa poitrine. Je l'apostrophe.

« Restez debout, le danger est partout ! »

L'autre, farouche, bondit sur ses pieds. À sa décharge, ma remarque, sortie de son contexte, prend l'air d'une menace. Mes mots sonnent comme un avertissement. La femme s'éloigne. J'étends la jambe sur son siège, tousse, et manque d'avaler mon chewing-gum.

Nous sommes une quinzaine à présent qui attendons le train. Il déboule en trombe et me crache un air sale au visage. L'haleine des souterrains retombe. Les wagons s'immobilisent. Je pénètre dans une rame, le métro redémarre et distance la femme aux breloques, demeurée raide comme un piquet sur la plateforme.

Mon siège râpé figure un îlot vert et bleu entre trois assises vides. Plus loin, dans le carré qui me fait face, quatre filles se charrient dans un jargon adolescent. La plus volubile porte une veste molletonnée, des créoles et un chouchou mauve. Les pointes de ses cheveux sont décolorées. Elle me tourne le dos mais je lui prête des lèvres poisseuses de gloss, les dents blanches, un fard à paupières vif.

« Emily Ratajkowski lance sa marque de maillots de bain. J'ai vu ça sur Insta. Je voudrais bien faire pareil plus tard.

— Faire quoi ? La bimbo ? »

Sa voisine accompagne sa vanne d'un coup de poing moqueur. Elle est rousse, ronde, engoncée dans un anorak kaki doublé d'une fausse fourrure écarlate, qu'elle ne cesse de triturer. Je me demande ce qu'elle aime dans cette veste, l'effet qu'elle espère produire en l'arborant.

« Si t'es Emrata, moi je suis Rihanna, assène la troisième, une métisse aux yeux verts vêtue d'un legging Adidas, d'une paire d'Air Max et d'un teddy de football américain.

— Tu sais même pas chanter, ricane la rousse.

— On s'en fout. Je suis bien gaulée.

— C'est pas une raison pour faire la pute. »

La quatrième fille a parlé ; une petite brune aux joues grevées de taches de rousseur. La façon dont elle a prononcé ce mot, *pute*, laisse penser qu'il n'appartient pas à son vocabulaire usuel. Elle l'a employé à dessein, pour se fondre dans le groupe. Des quatre, elle semble être la moins délurée.

J'ai découvert Emily Ratajkowski en même temps que le monde, à l'occasion de son apparition remarquée dans le clip de *Blurred Lines*, le featuring entre Robin Thicke et Pharrell Williams, 2013, tube planétaire controversé. Tandis que les gamines évaluent leurs chances de devenir des célébrités internationales, je tape son nom sur mon téléphone. Des articles au titre racoleur s'affichent à l'écran. *La star dévoile (presque) tout en body transparent*; *La photo qui prouve qu'elle n'a pas fait de chirurgie esthétique*; *Dix photos sexy d'Emily (la huitième est carrément hot !)*. À en croire les vingt-sept millions cent mille pages de superlatifs, la plastique de l'Américaine place l'humanité tout entière au bord de l'apoplexie. Par curiosité, je remplace son nom par le mien. Le moteur de recherche me fait l'aumône d'une poignée de résultats parmi lesquels mon profil LinkedIn, la page des alumnis de mon école, la liste de mariage d'une fiancée homonyme. Déçue, j'efface.

Partout en ligne, l'apologie du corps est décomplexée, frénétique. Les apprenties mannequins défient l'anatomie comme la raison à coups de cambrures inhumaines, de moues suggestives et de légendes ubuesques. Mathis et moi collectionnons les captures d'écran de leurs publications Instagram. C'est à qui dénichera la plus excessive, la plus outrée, et tout à l'heure, chez Marc, il m'a tendu son téléphone pour me montrer une influenceuse bourguignonne. Elle s'affichait à califourchon sur un tonneau de rouge. Sa chemise imprégnée de vin dévoilait une poitrine généreuse. *Quelle heure est-il à ta montre ?* demandait-elle sous l'image. À moins que son chirurgien soit suisse, le lien était ténu entre l'horlogerie et ses seins.

J'ai descendu le fil Instagram. Des corps étirés se sont tordus sous mes yeux. Les modèles ne cherchaient pas même un prétexte à cette exhibition, gratifiant leurs acrobaties de sous-titres hors de propos. *Voudrais-tu voyager gratuitement?* (photo d'une brune pulpeuse, bronzée, les mains serrées sur son 95E). *Aimes-tu la tarte au cerfeuil?* (femme allongée sur le ventre, une giclée de lait solaire sur les fesses). *Vis-tu en maison ou en appartement?* (sylphide nue sur un fauteuil Emmanuelle, jambes croisées, le buste dissimulé par sa capeline d'osier). *Comment sont tes pieds?* (étudiante en string devant son frigo, la bouche ouverte sous une bombe de crème chantilly). Mais la perle rare, celle qui les surpassait toutes, c'était cette vue sous-marine d'une nageuse cul nu aux côtés d'une manta, légendée : *lorsque deux raies se rencontrent.*

Le métro dépasse la station Courcelles. Des affiches publicitaires défilent derrière la vitre. Sur l'une d'elles, un homme et une femme chahutent dans la piscine d'un club de vacances. Plus loin, un chat du Bengale dévore ses croquettes, une femme photoshopée admire sa montre pavée de diamants. Quelqu'un a dessiné une verge sur son visage.

Les réclames cèdent la place au béton à mesure que nous nous enfonçons dans les profondeurs de Paris, et le wagon s'imprègne d'une odeur aigre. J'en attribue l'origine au manque d'aération, jusqu'à ce que j'avise l'homme qui chancelle au milieu de l'allée. Les voyageurs secouent la tête à son approche. Une femme agrippe son sac. Deux amis fixent les fenêtres aveugles. Le mendiant tend la main, eux froncent le nez, il crache au sol. J'ai bien quelques euros mais mon porte-monnaie repose au fond de mon sac. La bandoulière s'emmêle entre les pans de mon manteau, je n'ai pas envie de parler et, à mon tour, je me dérobe. Au creux du poing, je serre les pierres brillantes, précieuses, des bagues que j'ai retournées sans même y penser. L'autre comprend. Il poursuit son chemin. Un effluve de mauvais alcool persiste dans son sillage.

Les sièges suivants sont ceux des gamines. Elles me semblent si jeunes, si vulnérables. J'observe l'homme du coin de l'œil. Pourvu qu'il ne les importune pas, je songe, puis, heureusement que je suis là. Il se penche vers la rousse mais soudain le métro vire de bord et l'écho, réverbéré contre les parois, noie ses mots dans un vacarme de ferraille. Difficile de décrypter la réaction de la fille. Au moment où j'envisage d'intervenir, le wagon retrouve une trajectoire linéaire. Le bruit se dissipe. Legging-Adidas referme son sac. Elle qui a rassemblé le résultat de l'effort collectif glisse une poignée de pièces à l'homme.

« Bon courage, monsieur. »

Il poursuit sa route. Je me sens minable.

« T'as vu comment les autres se sont esquivés ? crache la métisse.

— Ils ont peut-être pas de monnaie, modère la brune, ma favorite.

— Tu parles. C'est des radins, c'est tout. »

Elle fixe un point droit devant elle ; donc droit sur moi. J'ai envie de lui crier que je ne suis pas la bourge égoïste, coincée qu'elle imagine. Suis-je tombée si bas pour qu'elle me prenne de haut ? Je soutiens son regard. L'autre ne cille pas, mais ensuite la rousse lui secoue l'épaule, elle détourne la tête et je reste là, comme une idiote, à scruter son teddy.

Les adolescentes reprennent leur discussion. L'indignation de la métisse s'atténue lorsqu'elle énumère les ficelles qui la propulseront dans les pas de Rihanna. La rousse se vautre dans ses fantasmes de célébrité tandis que la brunette, plus sage, déroule son avenir d'astronaute. Leur confiance à toutes m'impressionne. À leur place, à leur âge, j'ai cédé au pragmatisme. La filière scientifique prétendait ouvrir toutes les portes : je m'y suis engagée. J'y ai obtenu le baccalauréat avec mention mais sans conviction. Les mêmes arguments m'ont baladée de la classe préparatoire au métier du conseil et j'ai évalué les employeurs, comme jadis les marieuses les prétendants. Ma démarche était méthodique, transactionnelle, dépassionnée. Quelques minutes de navigation suffisaient à simuler un intérêt sincère. Les cabinets se targuaient de placer l'humain au centre, de tourner le regard vers l'avenir, de proposer une expertise digitale disruptive. Tous affichaient les mêmes avantages distinctifs. J'ai battu des cils et des diplômes en plagiant leurs fiertés. On m'a recontactée. Peu importaient mes aspirations.

L'intuition de ne pas être la seule à capituler a rendu la reddition acceptable. Mes amis eux aussi renonçaient à leurs rêves. Jeanne cherchait un sens à son métier : elle est devenue acheteuse pour un conglomérat spécialisé dans les protections hygiéniques. Yasmine, architecte, a abandonné ses projets de restauration du patrimoine pour décliner des normes de construction chez un promoteur immobilier. Axel a suivi un électif sur la transformation digitale avant de céder aux mêmes sirènes que moi. Par crainte de faire le mauvais choix, il n'en a fait aucun et a grossi les rangs du cabinet. Nos singularités se sont noyées dans une masse indistincte d'horaires tardifs, de tableurs Excel et de notes de frais.

Cette synchronisation m'a rassurée. Nous constituions les bouteilles d'un vin du même cru. Nos talents, appréciés trop tôt, auraient eu le goût acide des erreurs de jeunesse. Trop tard, l'aigreur des occasions manquées, mais nous n'en étions pas là, et j'ai relégué dans l'ombre la question de mon épanouissement personnel. Charlie a rouvert la brèche l'an passé. Ses doutes, ses scrupules puis sa remise en question ont ébranlé les compromis sur lesquels je m'étais construite. J'ai détesté l'assurance avec laquelle elle mettait mes convictions en charpie.

Insensibles à mon drame personnel, les filles éclatent d'un rire entendu. J'aurais dû écouter Gaël. Je serais déjà à la maison si j'étais rentrée en taxi. Au lieu de ça, nous atteignons à peine Villiers. Une affiche de la tournée de Beyoncé plonge la rousse dans une joie extatique. Elle se lève et improvise une chorégraphie sous l'œil appréciateur d'un homme de l'âge d'être son père. Le train s'immobilise, les passagers montent, descendent. Leurs regards dévient consciencieusement. Rien de bon n'arrive sous la surface de la terre ; et tandis que les portes claquent comme un couperet, les souvenirs me remontent à la gorge.

Bourg-la-Reine, section sud du RER B, douze ans. Je troquais mes habits d'enfant contre des tenues à la mode, jean taille basse, petit top, lorsqu'au débouché d'un tunnel, un satyre m'a susurré : «Jolie poitrine, mon chou». Il était gras, dégarni. Les passants ont accéléré le pas.

Denfert-Rochereau, quatorze ans. Je rejoignais des amis à Paris lorsque trois gars, la vingtaine, se sont affalés autour de moi. Le plus laid m'a alpaguée d'un «tu suces ?» avant d'enchaîner «ma mignonne, allez viens, je vais te défoncer la chatte.» Moi, pétrifiée. Personne n'a bougé.

Châtelet-Les-Halles, seize ans. Dans une France embrasée par le Contrat Première Embauche, mon lycée a fermé, les métros se sont raréfiés. Les prédateurs profitaient de la promiscuité dans les rames grouillantes. Ils glissaient leurs mains sous les robes, leurs doigts jusque dans les culottes.

Villiers, trente ans. Mélanie a-t-elle emprunté les transports en commun? Qu'est-il advenu d'elle, ce soir, saoule dans les souterrains? Les scénarios les plus sordides foisonnent sous mon crâne. Mes voisins m'apparaissent tous hostiles, et la vérité s'impose : je l'ai abandonnée.

«Mademoiselle?»

Je sursaute. La femme qui m'a interpelée arbore un serre-tête en velours, un manteau beige, l'air sévère. Le cuir bombé de ses gants trahit la valeur des bijoux qu'elle dissimule au-dessous.

«Vous avez besoin d'aide? Pour votre jambe, je veux dire. Comment vous vous êtes fait ça?»

Déjà elle se penche au travers du couloir. Je tire sur mon manteau.

«Ça va.»

Sa sollicitude m'indispose, comme si elle tentait, par le biais de ma blessure, de percer quelque chose d'intime, de fondamental. Ce qui m'est arrivé?

Je l'ignore. Si j'ai besoin d'aide ; pas de sa part. Je regrette d'avoir envoyé la photo aux filles. Avec Mathis, ça aurait pu devenir notre secret. J'aimerais qu'il me plaigne et me réconforte. Aux autres, j'ai décidé de taire l'accident, une réticence qui m'a d'abord paru dictée par la pudeur mais dont je perçois à présent les ressorts moins louables, l'irrépressible attrait du mensonge.

« Tout de même, ça suinte beaucoup. Je suis médecin. La plaie n'est pas belle. »

L'autre soutient mon regard. Persuadée que rien ne pourrait aller plus mal, je réitère : « Tout va bien. » Elle hausse les épaules. Deux sièges plus loin, la brune farfouille dans son sac. Le stick à lèvres qu'elle exhume porte le nom de la marque de cosmétiques pour laquelle travaillait Charlie. Ses voisines ont quitté la rame, remplacées par un ivrogne dont la cannette d'Amsterdam Maximator dégueule à chaque virage.

Je consacre les minutes suivantes à l'examen de mes ongles. La femme au serre-tête saisit le message, et renonce à ses ambitions thérapeutiques. Elle quitte son siège station Anvers. Une voix robotique alerte les voyageurs sur l'intervalle entre le marchepied et le quai. Recroquevillée par-dessus son sac, la brune murmure au téléphone : « Coucou. Ça t'embête qu'on reste en ligne ? Ça craint par ici. Non, bof. Je te raconterai. »

Le train repart. La bière du type valse contre la paroi. Il pousse un long hurlement et, arrivée à Barbès-Rochechouart, je fuis le wagon, poursuivie par ses cris de détresse.

11.

2 h 00. Boulevard de Magenta.

Le boulevard bruisse d'activité malgré l'heure tardive. Les ombres se pressent sur les trottoirs, la pluie bat le bitume et elles se protègent comme elles peuvent, têtes encapuchonnées, poings crispés sur les parapluies. L'une d'elles me bouscule de plein fouet. À peine prend-elle le temps de s'excuser. Collision, oubli. Ses talons claquent dans les flaques grisâtres.

Je devrais me hâter moi aussi, je songe. Gaël et Mathis comptent sur moi. D'une manière différente, ils me guettent et m'espèrent. J'allume mon téléphone. Aucun message ne confirme le manque. J'en rédige deux pour provoquer le sort.

[À Gaël] : Je t'aime.

[À Mathis] : Tu vas jamais croire qui est dans le club, la meuf que tu m'as montrée sur Insta, viens !

J'hésite un instant car il est 2 heures passées et j'ai conscience que, s'il s'exécute, je devrai mentir à nouveau, inventer quelque chose, n'importe quoi pour justifier mon départ. Mais tant pis. Cette influenceuse qui ressurgit, c'est une vraie bonne histoire.

Je descends le boulevard de Magenta lorsque, comme prévu, mon téléphone sonne. Je déchante; il ne s'agit que de Jeanne, que je croyais endormie. Cela doit être important pour qu'elle m'appelle si tard. D'un autre côté, si je suis en ligne, je risque de rater la réponse de Mathis. La sonnerie suivante emporte ma décision. Je décroche avant que la boîte vocale ne s'enclenche.

« Tu dors pas ? »

Elle renifle. Derrière elle vibre la rumeur de la ville, l'agitation nocturne, des éclats de voix.

« Qu'est-ce que tu fais dehors ?

— Désolée de te déranger, murmure-t-elle. Je…

— Hé, je suis là. Tout va bien. »

Jeanne renâcle à nouveau. Elle rassemble ses forces.

« Tu te souviens de Ben ? Il m'a larguée. »

Le puzzle prend forme : sa fuite, son silence. Vers 23 h 30 ce soir, Ben lui a demandé de le rejoindre. Il souhaitait parler de leur relation et le terme, parce qu'il suggérait un lien fort, a précipité son départ. L'interprétation était erronée. Ben l'a quittée sans ménagement. « On s'est bien amusés, a-t-il conclu ».

Il a raccompagné Jeanne jusqu'à la porte, moins par galanterie que pour la congédier. Deux de ses amis descendaient des bières devant la télévision. Elle avait supporté le débrief du match avant la rupture.

« La semaine dernière, il m'a dit qu'il m'aimait. Je te promets, j'invente rien.

— Tu t'es peut-être emballée. Tu le connaissais à peine et …

— J'ai pas besoin d'une leçon de morale », chouine-t-elle.

La femme de Loth s'est changée en statue de sel lorsqu'elle s'est retournée sur Sodome.

« Pardon. Ben est un connard.

— Merci Léo. C'est ce que j'avais besoin d'entendre. Je… je vais rentrer. T'as de la chance d'avoir Gaël. »

Je repense à Stéphane, à Mathis, aux secrets qui l'excluent. Jeanne se tait. Il me semble qu'elle va clore l'échange, mais elle reprend la parole.

« Au fait, c'est quoi cette photo que tu m'as envoyée ?

— Rien. T'inquiète.

— D'accord. »

Elle raccroche.

Parfois, j'aimerais la secouer, lui ouvrir grand les yeux, les oreilles. Sa candeur excède toute mesure. Lorsque j'ai rencontré Jeanne en école de commerce, je l'ai trouvée carrément cruche. Elle débarquait de la Creuse avec ses pantalons pattes d'éléphant qui raclaient les trottoirs. Son acharnement scolaire détonnait parmi nous autres étudiants. Aussi Charlie, Axel, Mathis et moi nous sommes-nous réjouis lorsqu'elle a rejoint notre groupe de travail. Une bosseuse, cela tombait bien. Nous l'avons invitée à déjeuner par acquis de conscience. Elle ne connaissait aucune des séries dont nous parlions. Mais ce jour-là j'avais évoqué un problème familial et le lendemain, Jeanne a pris de mes nouvelles. Cette attention m'a touchée. Nous nous sommes vues davantage et, au fil des confidences, j'ai recomposé les lignes de sa vie.

Guéret, treize mille cinq cents âmes, se caractérise par sa vallée des peintres, son musée d'archéologie et son labyrinthe géant. Jeanne y a grandi dans une famille nombreuse et pieuse. Des six enfants, elle seule a quitté la région. Les trois benjamins sont restés sur place, l'aîné a rallié Limoges, à une heure de route par la N145 et le cadet Montluçon, à cinquante minutes par la E62. Tous déplorent son départ. Elle aurait pu choisir l'ESC Clermont Business School, louer le studio d'un ami de la paroisse, reprendre l'épicerie des grands-parents. Au lieu de cela, la famille a assisté, impuissante, à son exode vers la capitale. Les reportages télévisés brossent le portrait d'une cité carnivore. Excédée par leurs rengaines, Jeanne a réduit la fréquence de ses visites et ses parents ont lu, dans cette distance, la confirmation de leurs craintes. Ils se sont rapprochés d'un curé local dont les discours ultra-conservateurs entretiennent leur défiance. Le cercle de leurs fréquentations s'est naturellement réduit à la communauté qu'il anime. « Une sorte de secte ? » ai-je un jour simplifié. Jeanne a nié. Jamais plus nous n'avons abordé le sujet.

Mes pas me portent jusqu'au croisement de la rue La Fayette. Malgré l'heure tardive, les voitures vrombissent de part et d'autre du carrefour. Elles arrosent les trottoirs de larges gerbes de pluie sale. Le vent me siffle aux oreilles. Je me plante devant le passage clouté, mais le temps que le feu passe au vert, la pluie se change en averse. Mes habits trempés me glacent la peau. Déjà les piétons se ruent sous un arrêt de bus. À mon tour, je m'élance et m'y glisse. Les parois ruisselantes tremblent sous les bourrasques. L'eau s'abat sur le toit dans un bruit de cascade. À peine ai-je repris mon souffle qu'à nouveau, mon téléphone s'éclaire. Et cette fois non plus, ce n'est pas Mathis.

« Salut Charlie.

— C'est quoi, cette photo dégueulasse ? Tu t'es battue ? »

Mes doigts humides collent contre le plastique.

« Je… rien. Ça va, toi ?

— Non ! geint-elle, ravie que je lui pose la question. Plus personne veut sortir.

— Même pas Mathis ? Il devait me rejoindre.

— C'est lui qui m'a dit de t'appeler. T'es sur les Champs, c'est ça ? »

J'entends des adieux. Charlie s'apprête à partir. Je me sens soudain terriblement lasse.

« Ne viens pas. Je vais rentrer. »

Elle se renfrogne.

« Tu rigoles ? On s'est à peine croisées, c'est pareil tous les week-ends. Gaël t'a donné la permission de 2 heures ? »

J'ignore l'attaque.

« Dis, Mathis va bien ? J'arrive pas à le joindre.

— Lâche-le un peu, peste-t-elle. Tout ce qui l'intéressait c'était de choper Alice. Il s'en fout de ta soirée en boîte. Et moi aussi d'ailleurs. »

Charlie me raccroche au nez. Autour de moi, l'averse gronde. Alice et Mathis. Il vaut tellement mieux que cette pimbêche hautaine. Je compose son numéro mais, une fois encore, la sonnerie hurle dans le vide. J'aurais dû rester chez Marc. Ici, seule sous la pluie, mon emprise est réduite à néant.

À force de ruminer, mon chewing-gum est devenu dur et insipide. Je m'en purge dans un crachat, et le projectile rebondit contre la paroi de l'abribus. Une affiche publicitaire prend l'eau derrière la vitre. On y voit un paquet de cigarettes en décomposition, dégorgeant de mégots comme autant d'asticots. L'épigramme *Jeté par Léa D.* remplace le logo du tabagiste. Plus bas, le slogan accuse : *vous pouvez laisser une plus belle trace sur terre.*

Léonore, Léo, Léa. J'observe la boulette blanchâtre au sol. Ma trace sur terre se résume à une traînée d'ordures et à cette verrue, dont l'éclat clair crève le macadam. Il faut rééquilibrer la balance, je songe en quittant le refuge. Mon manteau se gorge de flotte lorsque je m'abaisse pour ramasser le chewing-gum. Mes cheveux me collent au front mais qu'importe : le rebut que je tiens entre le pouce et l'index ne sera pas porté à mon discrédit. Quelques mètres plus loin, une poubelle agite son sac éventré. L'arceau solitaire m'évoque un panier de basket. J'y balance la boulette, qui, faute de réceptacle, chute au sol. Quelqu'un se marre. Le plastique vole au vent. Mathis me préfère Alice, et des larmes se mêlent à la pluie. Le mascara me pique les yeux. Une cacophonie de klaxons perce mes tympans. On ne peut rien changer, rien corriger. J'assène un coup de pied contre les bardeaux métalliques qui, pour seule conséquence, tremblent et me laissent la cuisse meurtrie, la douleur exaltée par le choc.

« Hey, mollo sur le mobilier urbain ! »

S'ensuit un rire nasillard. Le regard noir, je me retourne sur un couple, la trentaine alcoolisée. Une capeline de feutre ceint le crâne de la fille. Elle m'évoque un article de *Jooks*, ce webzine vaguement à la mode, intitulé : « Les femmes à chapeau sont-elles toutes des connasses ? » et j'ai bien envie de répondre par l'affirmative à l'observer ricaner, accrochée au bras du type. Lui est tête nue. La pluie perle dans sa barbe. Tous deux dégagent une forte odeur de chien mouillé.

« Elle a la gale ou quoi ? » grimace l'autre pétasse en désignant ma cuisse.

Je voudrais fermer les yeux et qu'ils disparaissent, appuyer sur pause, rentrer à la maison, mais la fille glousse sous son couvre-chef débile, le gars bave dans sa barbe de clodo et ils restent là, en travers de mon chemin. Elle se penche vers ma jambe. Au milieu du déluge, la goutte fait déborder le vase. Plus tôt, chez Marc, j'ai manqué de courage mais cette fois-ci je ne me laisserai pas faire. Je décoche à la garce une gifle retentissante. Le type ne moufte pas. Elle, demeure bouche bée, tandis que je cours sous la pluie.

Les numéros défilent. On crie, mais je ne me retourne pas. L'ondée laque le bitume. Plusieurs fois je manque de me rétamer contre l'entrée lisse et traître des garages. Je bifurque vers la droite, vers la gauche, puis enfin, à bout de souffle, je m'immobilise dans la courette d'un immeuble. Mon cœur pulse dans ma poitrine. Une douleur lancinante transperce ma cuisse, et pourtant l'altercation s'impose comme l'élément le plus réjouissant de cette soirée. Je revois la figure incrédule du type, l'arrogance de la fille, l'empreinte rose de mes doigts contre sa gueule dégueulasse.

J'ai repris le contrôle. C'est le sentiment qui me vient, là, trempée sous mon porche et, apaisée, je boite hors de ma cachette. Il est temps de rentrer à la maison.

[De Mathis] : J'ai vu tes appels. Je suis dans le taxi, claqué, direction l'appart. Au fait, c'est quoi cette photo ?

[À Mathis] : Ma jambe. J'ai dû me manger un clou chez Marc. On sortira une autre fois. Je suis partie, ça fait un mal de chien.

J'arrive devant mon immeuble. Enfin tout s'ordonne.

[De Mathis] : Un peu d'eau oxygénée, de Bétadine et ça va passer.

J'attends la suite mais rien ne vient, ni réconfort, ni compassion, ni mot doux. Je repense à Jeanne, qui pleure le revers de Ben. À Charlie, qui espérait noyer ses doutes dans la nuit. À Mathis, harassé dans sa berline. Nous sommes les porcs-épics de Schopenhauer. Notre soif d'amour et de chaleur nous a attirés les uns vers les autres. Celle-ci à peine étanchée, nos épines nous ont transpercé la chair, et nous nous sommes quittés blessés, plus seuls que jamais.

Je pénètre dans le hall. M'éloigner des autres me rapproche de Gaël. Il a dû boire une bière ou deux, fêter l'anniversaire de David, commenter l'actualité sportive, rentrer tôt. Sa droiture appelle la duplicité. Pour lui je réinventerai le monde, à commencer par cette horrible soirée. Il est si simple de mentir.

J'ouvre la porte de l'appartement. La lumière est éteinte. Les chaussures, alignées le long du mur. Le lit n'a pas été défait. Gaël n'est pas là, ne m'attend pas, ne vaut pas mieux que moi. Je dépose mes souliers aux côtés des autres. Sous mon collant, ma cuisse, bien qu'enflée, expose une peau lisse et ferme. Deux crevasses déchirent la chair. Il est 2 h 35. Je peux tout nettoyer.

Partie II

OCTOBRE LE JOUR

« Il était un pauvre serpent qui
collectionnait toutes ses peaux. »

Jean Giraudoux

1.

11 h 00. Boulevard de Magenta.

Le soleil filtre au travers des rideaux lorsque je m'éveille, le dimanche, dans un lit tendre et moelleux. Gaël respire paisiblement. Je ne l'ai pas entendu rentrer, ni se doucher, ni s'allonger. Je me tourne vers lui.

« Salut, toi. »

Le matelas ondule. Il sourit et m'attire contre son épaule.

« Ma petite ivrogne ! »

Sous ses bras chauds, mes muscles se crispent. J'imagine les effluves d'alcool et de sueur flotter jusqu'à ses narines, d'immondes fumeroles dont les nasses filandreuses enchaînent celle que je suis aujourd'hui à celle que j'étais hier. Ses cheveux à lui fleurent le shampoing. Je le repousse doucement.

« Je vais lancer le café. »

Il me remercie et retombe sur l'oreiller.

Chaque lendemain de fête, c'est le même cirque. Je ne dispose que de quelques minutes pour renaître tel un phénix, jaillir saine et pure des cendres encore tièdes de mes cigarettes. Je me hâte en cuisine. La machine Nespresso ronronne. J'inonde mon visage d'eau fraîche puis, retenant mes cheveux d'une main, j'effectue mes ablutions. L'odeur brute et corsée du savon de Marseille embaume la pièce lorsque Gaël m'y rejoint.

« Bien dormi ? »

Je lui tends une tasse. Il s'assied devant la table et je m'installe face à lui. Sur mes jambes dansent des éléphants naïfs, souvenirs d'un voyage en Thaïlande. J'ai extirpé ce sarouel du fond de mes placards hier. L'étoffe a préservé ma cuisse du regard de Gaël, mais pas de celui de Morphée, et cette nuit, j'ai rêvé que ma jambe gonflait comme une outre avant d'exploser en projetant contre les murs de larges giclées de Spritz. Axel et Mathis assistaient à la scène depuis le canapé. Marc, le visage dissimulé par l'ombre bleue d'une coiffe en plumes de paon, psalmodiait : « Une soirée mémorable, mémorable, mémorable ». La douleur s'était atténuée au réveil. Je n'ai pas osé ausculter la plaie.

« Tu veux faire quoi aujourd'hui ?

— Me reposer, implore-t-il avec une moue excessive. J'ai des mails à lire. Et toi ?

— On pourrait déjeuner dehors. »

Gaël hoche la tête. J'envie ses pérégrinations, l'élan qui l'a porté jusqu'au petit matin. J'aurais dû le rejoindre. Il glisse deux tranches de brioche dans le grille-pain tandis que je l'interroge sur la soirée de la veille. Sa chaise, bancale, claque contre le carrelage.

« David avait réservé des tables dans un bar sportif d'Odéon. On a fini dans une boîte du quartier, je me souviens plus du nom. Un truc à propos d'un crocodile. Ça te dit quelque chose ?

— Non. »

Le toaster émet un déclic. Les tartines remontent à la surface. Gaël s'en empare et à nouveau, son siège heurte le sol.

« Dommage que t'aies pas pu venir, regrette-t-il.

— Arrête de t'agiter ! »

Il s'immobilise, surpris. Le pain refroidit entre nous. J'ai crié.

« Pardon. C'est ce bruit. Je… je suis fatiguée. »

Son visage s'illumine.

« Mais oui, raconte ! Charlie a trouvé du boulot ? Vous êtes sortis ? »

Il me tend le pot de confiture. Je pourrais évoquer la cuite de Mélanie, la suffisance d'Alice, la vacuité des conversations, mais il faudrait faire abstraction de l'omniprésence de Mathis et du flirt avec Stéphane, occulter le ressentiment qui me tenaille encore, dévoiler un visage que Gaël ne fait qu'effleurer. Il plante son regard dans le mien. Le soleil souligne la clarté de ses iris.

« On s'est bien amusés, je résume sobrement. Jeanne et Axel étaient là. Ensuite on a retrouvé des amis à eux.

— J'espère que tu as été prudente.

— Je suis rentrée en taxi. »

Gaël étreint mes doigts. À ses yeux, je suis une jeune adulte responsable et nous, un couple probe et uni. Ma blessure à la cuisse réfute cette image d'Épinal. Elle pulse doucement sous mon sarouel. Deux points rouges percent l'étoffe. J'en ignore l'origine ; ce qui trahit mes excès.

J'ôte ma main pour replacer le tissu. Le geste, maladroit, projette au sol mon verre qui explose contre la céramique claire. Le jus de pamplemousse dessine une galaxie sanglante sur les dalles. Des éclats acérés parsèment le liquide. Déjà Gaël l'éponge, à quatre pattes sur le carrelage glacial.

« Laisse, je m'en occupe. »

Il secoue la tête, retrousse ses manches, toujours serviable. C'est alors que je reconnais son pull. Il m'a avoué l'avoir gagné sur Internet, il y a plusieurs semaines. Ce jour-là, j'ai compris qu'un pan de son existence m'échappait, qu'il maîtrisait lui aussi l'art de la duplicité, et j'ai ressenti, à son égard, une profonde tendresse. Gaël est un joueur compulsif. J'ai découvert l'ampleur de son penchant en fouillant son ordinateur après cette confidence. Appâté par des réclames criardes, il tente sa chance, perd, persiste. Difficile de résister aux sirènes de la bonne affaire quand tant de biens se trouvent à portée de clic. « Gagne une tenue complète pour tes vacances ! », promettent les marques. « Embarque pour Prague avec l'ami de ton choix ! » Le plus difficile consiste encore à débusquer les offres disséminées à travers la toile. Ensuite, il suffit de répondre à quelques questions sommaires pour espérer remporter le gros lot. La masse des participants noie la plupart de ses tentatives, mais les statistiques parlent pour lui. Cent pour cent des vainqueurs ont participé. À force de persévérance, Gaël a empoché des cosmétiques divers, un assortiment de boîtes de filets de maquereaux et ce pull, sa plus belle prise.

J'ai d'abord apprécié l'échappatoire que lui offraient ces jeux, le contre-pied qu'ils opposaient à une droiture parfois ennuyeuse, à la rigueur protestante et à l'austérité sinistre que lui a inculquées sa famille. Mais, au cours des derniers mois, ce passe-temps a pris une importance nouvelle. Son employeur a déposé le bilan, et Gaël s'est vautré dans les concours en ligne avec une ferveur désespérée. Ces jeux, j'imagine, lui font miroiter l'ersatz du succès que lui refuse le monde du travail. Le fait que Charlie ait renoncé d'elle-même au confort du CDI le sidère. Gaël a vécu la perte de son emploi comme un échec personnel. Sous la pression de ses parents, il s'est lancé dans une course effrénée aux candidatures. Les mails qu'il souhaite traiter ce dimanche sont sans doute ceux des ressources humaines.

Le sol est propre et ma tasse, vide. Son socle a laissé un cercle ocre sur le bois de la table. Je repousse les miettes du plat de la main.

« Je vais faire du sport avant le déjeuner. Je te laisse ranger ? »

Gaël m'arrête d'un geste.

« Vérifie d'abord ton portable dans la chambre, il a sonné, je crois. »

L'écran signale quatre appels manqués. J'espère Mathis, mais tous émanent de Charlie. Quatre appels. Il se passe quelque chose. Un frisson d'adrénaline parcourt ma colonne vertébrale tandis que je compose son numéro.

« Léo, enfin ! s'exclame-t-elle. J'essaie de te joindre depuis tout à l'heure. Il faut absolument que je te raconte. C'est… j'arrive toujours pas à y croire.

— À quoi ? Tout va bien ?

— Non, enfin je sais pas. Je suis restée tard hier, et …

— T'as découché ? »

Elle ignore ma question. L'imminence de l'annonce, décisive à ses dires, écarte toute la rancœur que j'ai pu éprouver hier envers Charlie.

« Il y avait cette porte condamnée en face du salon. Tu t'en souviens ?

— Le bureau dans lequel se planquait Mélanie ?

— Mélanie ? répète-t-elle avant de se reprendre. Bref écoute. Vers 5 heures, quand tout le monde a commencé à partir, je me suis posée là, je voulais dormir un peu. Ça puait le vomi, mais surtout, il y avait une sorte de cagibi à côté de la bibliothèque. Tu devineras jamais ce que j'ai trouvé dedans.

— Dis-moi.

— Des serpents, révèle-t-elle à voix basse, comme si quelqu'un pouvait l'entendre. Des dizaines et des dizaines de serpents dans leurs cages !

— Tu plaisantes ? »

Marc a invité une bonne cinquantaine de personnes. Je peine à croire que son appartement dissimule des reptiles. Mais j'effleure ma cuisse, et les divagations de Mélanie me reviennent en mémoire. Je jette un coup d'œil par-dessus mon épaule. Gaël est toujours dans la cuisine.

« Qu'est-ce que t'as fait ?

— Rien. Tu voulais que je fasse quoi ? J'ai flippé et je me suis barrée. Tu penses qu'Axel et Mathis sont au courant ? »

J'entends Gaël rassembler la vaisselle. Je baisse la voix à mon tour.

« Je sais pas. Bon, il faut que je te laisse mais on peut se voir plus tard, genre 17 heures, vers chez toi. Tu me raconteras tout.

— N'en parle à personne, conclut-elle. Des putains de serpents, je te dis ! »

Elle raccroche. Des serpents. Je touche mon pantalon, me redresse. La panique me gagne. Mes muscles se contractent, mais rien ne bouge. Des serpents. La saloperie qui m'a mordue était bien vivante. J'imagine sous le tissu ma cuisse moribonde, la peau putride, noircie par le venin. Le poison paralyse ma jambe. J'aurais dû me rendre aux urgences hier soir. Il est trop tard, à présent qu'il se diffuse sous ma chair. L'air me manque. Je vais mourir là comme une conne, seule dans la chambre, et tandis que je suffoque, l'image de Gaël, découvrant sur le lit conjugal mon squelette rongé par les toxines, s'incruste sous mes paupières et me fend le cœur.

J'ouvre les yeux. Avec une appréhension malsaine, j'abaisse mon sarouel. La cuisse a dégonflé. Ma chair est pleine et tendre. Il n'y a rien, rien que deux entailles à la surface desquelles affleure un liquide clair. Mes membres s'assouplissent à mesure que la paresthésie se dissipe. Les derniers picotements emportent avec eux toute menace. Il n'y a pas de venin dans mes jambes, juste d'inoffensives fourmis. Je me sens soulagée mais surtout, déçue.

2.

11 h 45. Boulevard de Magenta. Salon.

Droite comme un i sur le vélo d'appartement, je m'active depuis dix bonnes minutes déjà. Le moulinet du pédalier rythme mes pensées. Tel un boomerang, elles reviennent aux révélations de Charlie. Des serpents dans l'appartement de Marc. L'allégation est si extravagante qu'en temps normal, je ne lui aurais pas accordé le moindre crédit, mais Charlie semblait réellement bouleversée. Les deux fentes qui lacèrent ma peau pourraient confirmer ses dires. Je tâte la plaie, qui crache une bile humide. Des serpents. Est-ce seulement possible ? Le logement de Marc ne ressemble pas à celui d'un trafiquant de reptiles. J'imagine ce genre d'activité s'implanter dans un garage, pas dans le salon bourgeois d'un haussmannien du 16e arrondissement. Sans compter que je vois mal un ami d'Axel et de Mathis s'adonner à ce type de passe-temps.

Les informations que j'ai glanées à propos de Marc brossent le portrait d'un jeune bourgeois parisien. Il est plutôt friqué, fêtard, gourmet. Sa famille vit au Mexique. Combien de points faut-il pour cerner un homme ? Non, décidément, plus j'y pense et moins j'y crois. Charlie était saoule, fatiguée. Un enchevêtrement de câbles a dû l'induire en erreur. Mélanie et moi nous sommes coupées contre un clou rouillé. Personne ne pédale après avoir été mordu par un reptile.

Je détache ma gourde du cadre, et avale une longue goulée de flotte. Une lumière pâle nimbe le salon. Ici, chaque chose est à sa place. Notre appartement ne recèle aucun secret, ni placard ni porte close, juste des étagères claires et lisibles. Les bouquins alignés sans surprise y présentent leurs tranches ordonnées. Un vieil Évangile, offert par les parents de Gaël, repose sur la tablette inférieure. La vue de l'ouvrage relance mes spéculations. Le serpent occupe une place honorable dans le bestiaire religieux. Séduits par ses sifflements, Adam et Ève renoncent au paradis. Je ne prétends pas jouir de la même félicité originelle, mais déjà, le spectre apode sème doute et tentation. Je brûle d'en savoir plus. Succombant à mon tour, je saute à bas du vélo.

La porte grince lorsque je me faufile hors de la pièce.

« Déjà fini ? s'étonne Gaël depuis la cuisine.

— Je vais chercher mon PC. »

Naviguer du haut de la bicyclette est ma plus belle trouvaille. La potence et les deux poignées du guidon forment un trépied sur lequel j'installe l'ordinateur. On dit des voyages qu'ils forment la jeunesse ; ces virées immobiles m'instruisent tout autant qu'une longue aventure.

Ma première requête, *serpents*, exhume quatre-vingt-deux millions et sept cent mille pages génériques (sous-ordres pythonidés, vipéridés, thamnophis, naja). *Élevage clandestin* convoque des fermes canines. Les termes sont trop vagues mais, à ma grande surprise, lorsque je circonscris le périmètre de mes investigations, les résultats demeurent pléthoriques. Des sites marchands côtoient les récits d'herpétologues en herbe. Les particuliers exaltés témoignent de leur passion atypique ; pour autant que l'adjectif siée à une fièvre si répandue. Une coiffeuse ardéchoise s'épanche sur son *coup de foudre* pour un python. Un Breton raconte les orvets cachés sous son lit, les couleuvres apportées en classe. Plus j'avance dans ma lecture et moins les insinuations de Charlie m'apparaissent saugrenues. Les serpents sont des animaux de compagnie comme les autres. Le gouvernement confirme le droit d'en détenir à domicile. Pôle Emploi consacre une fiche métier à leur élevage. Je ne suis pas loin de vouloir en adopter moi-même lorsque je lis à quel point le boa constrictor de Xenia76 a redonné un sens à sa vie.

À en croire l'occurrence du nom, il s'agit de l'une des espèces les plus populaires. Les couleuvres, les serpents des blés et des pythons variés lui disputent le podium. L'absence d'anaconda me rassure vaguement.

« Alors, ça pédale dur ? »

Gaël s'approche du salon. J'éteins l'ordinateur par réflexe puis, parce que cette stratégie me place face à un écran aveugle, je le rallume et me connecte sur Facebook. Les aplats céruléens dissimulent mes recherches. « Exprimez-vous, Léonore », m'enjoint le réseau social. Je m'exécute tandis que Gaël traverse l'embrasure de la porte.

« Tu fais quoi ? »

Il désigne l'appareil d'un mouvement du menton. Je lui adresse un clin d'œil.

« Ma vélo-biographie. »

Le jeu de mots n'est pas exempt de vérité. Sous nos yeux s'esquisse un statut dithyrambique sur mon *formidable week-end*.

« Tes abonnés doivent être pendus à tes lèvres », plaisante-t-il.

Il dépose un baiser sur mon front. Des épis chahutent ses cheveux châtains. J'ai envie qu'il me serre dans ses bras, mais déjà, il tourne les talons. Mes quatre cent vingt-six amis Facebook ont sans doute passé une meilleure soirée que moi. Mes derniers épanchements de ce type remontent à 2016. J'efface le texte. Au-dessous de l'ordinateur, deux points rouges souillent mon pyjama ; des pupilles sanglantes qui me jaugent à mi-cuisse.

[À Charlie] : Tes serpents ressemblaient à quoi ? Les couleuvres/boas/pythons sont pas dangereux. Les autres en revanche…

Dix-sept heures m'apparaît bien loin tout à coup. Mes lectures ont attisé ma curiosité, et je regrette d'avoir donné rendez-vous à Charlie si tard. Cinq minutes s'écoulent sans retour. Tant pis pour elle, je songe. Quelque part, quelqu'un sera bien disponible pour moi. Le contenu des messages que je disperse importe moins que les destinataires auxquels ils me lient. J'arrose Mathis, Axel et Jeanne de textos enthousiastes, puis, me remémorant les mésaventures de cette dernière, je me fends d'un réquisitoire acéré contre Ben. Elle mérite mieux que ce connard.

Midi sonne ; pas mon téléphone. Dans le miroir, mon double, le front luisant, attend vainement un signe. Les outils de communication qui l'entourent ne l'unissent à personne. Je saisis le nom de Yasmine en désespoir de cause mais mes mots de la veille, restés sans réponse, s'affichent à l'écran.

Je suis étonnée de ne pas avoir pensé à elle plus tôt. Les paroles de Charlie ont sacrément dû me chambouler. Le sport, quel qu'il soit, m'évoque Yasmine.

Nous l'avons longtemps subi ensemble. Les cours de ping-pong que nous suivions au collège brillaient par leur monotonie. Notre professeur sifflait les rotations avec la régularité d'un métronome, et, l'expérience n'ayant eu le temps de discriminer personne, nous changions de partenaire pour affronter un joueur d'âge et de maîtrise identiques au précédent. Aussi Yasmine a-t-elle rapidement compris que si l'on me voyait rouge, en sueur durant les matchs, cela tenait davantage de la présence de Steve que de la performance sportive. Le Franco-Américain arborait une queue de rat décolorée. Parce qu'il portait ses maillots des Warriors sur ses T-shirts moulants, j'ai superposé un débardeur et un maillot de corps.

« Retire ton débardeur, Léo, a exigé le prof. C'est pas le carnaval. T'as peur qu'on voie tes seins ? Encore ta copine, je veux bien, mais là y a pas de quoi en faire tout un plat. »

La saillie a sonné le glas de notre expérience de pongiste. Yasmine et moi avons noyé notre honte dans les bassins municipaux. La natation prévenait contre l'humiliation vestimentaire ; pas contre la bêtise, et lorsque j'ai baissé la culotte d'une naïade qui traitait Yasmine de baleine, nous avons été exclues du cours. La suite n'a été qu'une succession de tentatives malheureuses. L'étreinte d'un judoka prépubère a maté mon attrait pour les arts martiaux. Mon jogging a craqué au-dessus du cheval d'arçons. La danse contemporaine souffrait mal les stridences gothiques. Depuis lors, recrachée hors du bain, revenue des sports de contact, je chevauche mon vélo d'appartement. Yasmine a tout bonnement arrêté le sport. Gaël aime les corps musculeux.

[D'Inconnu] : Merci pour tout. C'est trop sympa de ta part.

[D'Inconnu] : Axel m'a donné ton numéro.

[D'Inconnu] : Au fait, c'est Mélanie Brown.

Mon portable s'éclaire; comme mon visage. L'attitude de Mélanie me hante depuis hier. *Me laisse pas seule avec lui*, implorait-elle en serrant contre sa poitrine son poignet boursouflé, dans la pièce condamnée qu'a explorée Charlie. J'ai mis sa confusion sur le compte de l'alcool, mais peut-être sait-elle quelque chose. Nos blessures se ressemblent. Mélanie était terrifiée. Je suis curieuse de savoir si son poignet, comme ma cuisse, a dégonflé. Surtout, ce qu'elle a vu ce soir-là. Charlie n'en reviendra pas que l'enquête avance aussi vite.

[À Mélanie] : Avec plaisir. Ça va mieux? Il s'est passé quoi?

De grosses gouttes de transpiration perlent sur mon front. L'espoir d'un dénouement décuple mon énergie. J'accélère le rythme. À peine ai-je atteint ma pleine puissance qu'une rafale de messages s'abat sur mon téléphone.

[De Mélanie] : Aucune idée, j'ai trop bu, lol.

[De Mélanie] : Et ma jupe est bousillée.

[De Mélanie] : Je t'offre un verre pour te remercier. Où tu veux, quand tu veux !

S'ensuivent les photos de la jupe et un message vocal avorté, enregistré par mégarde. Le dégoût me gagne. Mélanie ne m'est d'aucune utilité. Pire, sa sollicitude m'embarrasse. Je lui ai juste apporté de l'eau. Plus tard, j'ai dénoncé son ivresse. On l'a jetée dehors. Un léger malaise me gagne. Il faut que j'éloigne cette fille, et pour m'y tenir, j'accole à son prénom cet ordre : Ne Pas Répondre. Les mots s'affichent presque immédiatement. Une salve de smileys rallie ses lettres mortes.

L'irruption de Gaël me tire de ses griffes. Il s'est rasé, et lorsqu'il m'embrasse, le contact de sa peau froide m'arrache un frisson. Je lui tends le téléphone.

« Elle est bizarre, non ?

— C'est qui ? demande-t-il tandis que son pouce balaie l'écran.

— Je sais pas trop. Mélanie, elle s'appelle. Elle était ivre morte hier soir, je me suis un peu occupée d'elle.

— T'as bien fait. »

Trois messages s'ajoutent aux précédents ; qui toujours arrivent en triptyque. Mélanie me souhaite un bon appétit. Elle s'excuse de m'avoir dérangée et embrasse Gaël, qu'elle a hâte de rencontrer. Lui se gratte la nuque. Il a lu l'épigramme, Ne Pas Répondre.

« Pas très sympa, dis donc ! Mais je vois que tu lui as parlé de moi, ajoute-t-il avec un clin d'œil. Je te manquais tant que ça ? »

J'acquiesce, certaine pourtant de n'avoir jamais prononcé son prénom devant elle.

3.

13 heures. Rue de Paradis.

Le choix du restaurant est aisé, et comme deux petits vieux, nous nous dirigeons vers l'un de ceux dans lesquels nous avons nos habitudes, un bistrot de la rue de Paradis. Ses tarifs comme sa décoration accréditent la gentrification du quartier. Un papier peint tropical bigarre les murs percés de verrières. Le lustre Vertigo dessiné par Constance Guisset pour Petite Friture ondule au-dessus des clients. Tout est beau, lisse, commun. La tendance *jungle urbaine* a succédé au design scandinave et infeste les intérieurs comme le chiendent les jardins.

Gaël me tend la carte.

« Tiens, Léo. Qu'est-ce qui te ferait plaisir ? »

Il disparaît derrière son menu, ignorant avoir repris mot pour mot la question que me réitéraient mes proches lorsqu'à dix-huit ans, je n'avais envie de rien.

Cinq années de mélancolie gothique m'avaient laissée timide, mal dans ma peau. L'amaigrissement seul allégeait mes doutes. J'ai associé mon regain d'assurance à la perte des kilos de ma jeunesse et, mon alimentation sous contrôle, j'ai jaugé ma force à l'aune du relief de mes côtes.

Je vivais encore chez mes parents. Leur dictature culinaire me plongeait dans une angoisse sombre. Après l'appel à table, je découvrais le menu avec appréhension. Salade : soulagement. Je piochais dans le plat d'inoffensives rondelles de concombre. Poulet : effroi. La peau luisante, le cœur serré, j'enfournais la volaille. Je ne savais pas y résister. Je me détestais. J'allais devenir grosse, seule, et je m'efforçais de vomir.

Marie partageait mon obsession pour la minceur. Nous étions camarades de classe plus que véritablement amies, mais chaque matin, avant de nous rendre en cours, nous comparions notre poids respectif et chaque soir, nous comptions les calories contenues dans nos portions. Ces rapports faisaient l'objet de mensonges éhontés. Je prétendais m'être enfilé un paquet de bonbons pour qu'elle relâche ses efforts. Marie, que je soupçonnais de faire de même, renchérissait en convoquant une fondue savoyarde, des écarts impardonnables. Plus l'une maigrissait, plus l'autre se privait. Nous voulions toutes les deux gagner. Aucune de nous ne savait quoi.

Le vide auquel nous contraignions nos corps s'est étendu autour de nous. Je me suis éloignée de Yasmine. Ses invitations constituaient des pièges redoutables. Elle me proposait de prendre un verre, des nouvelles, mais douze centilitres de vin dissimulaient quatre-vingt-deux kilocalories. Parfois, pour m'amadouer, elle louait ma ligne, la chance que j'avais. Ses compliments achevaient de creuser l'écart. Il s'agissait de travail, pas de chance. Ses rondeurs me rappelaient ce à quoi je tentais d'échapper.

Marie a été hospitalisée au début du mois de juin. Les adultes ont prononcé les mots de circonstance : carences, anorexie, aménorrhée. J'ai d'abord ressenti une vive jalousie, comme si l'hôpital constituait le stade ultime du jeu dans lequel nous nous étions engagées. Ensuite, j'ai eu honte. J'ai paniqué. J'ai rappelé Yasmine et j'ai oublié Marie.

Nous avions dix-neuf ans. Je traînais mon corps anguleux en seconde année de classe préparatoire tandis que Yasmine, qui venait de finir sa mise à niveau en arts appliqués, entrait en école d'architecture. Elle a accueilli mon retour sans rancune. Ses amis m'ont invitée à leurs fêtes, où a débuté ma fuite en avant. Je compensais mon rééquilibrage alimentaire par une activité décuplée. Je me suis mise à fumer ; la nicotine me coupait l'appétit. J'ai bu davantage ; un verre entre les mains, je me goinfrais moins. Nous figions la vodka dans la gélatine et gobions les cubes colorés comme des Flanby. À mes parents, j'opposais de longues soirées de révisions dont j'émergeais vaseuse, à 6 heures du matin. Le temps m'était compté.

Gaël repose son menu. Nous sommes installés près de la devanture, et le soleil baigne son visage. Il sourit.

« Je vais prendre les linguines. Et toi ? »

À nouveau, je parcours la carte. Pâtes et pizzas en occupent la majeure partie. Le pourpier des salades ne m'inspire rien. En désespoir de cause, je me rabats vers une valeur sûre.

« Le cabillaud. Et un verre de cheverny. »

Gaël ne relève pas, mais, imperceptiblement, son visage se durcit.

J'avais vingt ans lorsque j'ai intégré mon école de commerce et, avec elle, un microcosme dans lequel tout était prétexte aux abus. Nos professeurs déterminaient les dates des partiels en fonction de celles des soirées. Une partie des élèves séchait les cours de toute façon. J'ai présenté Yasmine à Charlie, Axel, Mathis et Jeanne, et nous nous sommes bourré la gueule tous ensemble. Plus tard, Yasmine a abandonné les Jello Shots au profit de la viande maigre du régime Dukan. Jeanne a pris un petit boulot. Les rangs se sont clairsemés, resserrant plus encore le noyau dur que nous constituions, Axel, Mathis, Charlie et moi.

Nous nous retrouvions avant les réjouissances pour anticiper la picole. J'ai commencé à coucher avec Mathis. Ces débordements étaient nécessaires pour nous qui attrapions le train en marche.

Les premiers incidents se sont produits au cours de l'hiver. La fatigue me provoquait un tournis permanent. Des cavités sombres grêlaient mon parquet, creusées par les cigarettes qui m'échappaient des doigts. J'oubliais mes casseroles sur le feu et les hurlements de l'alarme incendie me réveillaient en sursaut au milieu de la nuit.

J'accordais à ces événements une importance modérée. Le soir où un homme m'a suivie dans la rue, en revanche, j'ai compris que quelque chose tournait de travers. Je rentrais seule, ivre. Mathis vivait déjà à Hong Kong. Le type me parlait sans cesse. Sur le seuil de mon immeuble, il a coincé son pied dans la porte et m'a attrapée par la taille. Je me suis éveillée les avant-bras couverts de bleus le lendemain. L'altercation me terrifiait moins que le trou noir qui m'en séparait.

Difficile de blâmer Gaël si Yasmine lui a raconté ces histoires. Notre pomme de discorde a des relents d'alcool et j'ai beau m'être assagie, le doute persiste. Ce verre de blanc figure la face émergée de l'iceberg. Gaël lui-même a grandi sans excès. Au fond, nos faiblesses s'équilibrent.

«Madame et monsieur ont-ils fait leur choix ?»

Un serveur obséquieux se plante devant notre table. Sa chemise brille d'une blancheur agressive. Il bat du pied contre la moquette, un va-et-vient qui me donne le mal de mer.

«Les linguines aux girolles, avec un cabillaud», annonce Gaël.

Mon vin passe à la trappe. Je ne bronche pas. L'autre dépose entre nous une corbeille de pain, dans laquelle Gaël se sert avidement.

«Yasmine voit quelqu'un ? s'enquiert-il.

— Pas que je sache. Pourquoi ?

— David a flashé sur elle. Vendredi, c'était une sorte de rendez-vous arrangé.»

Il roule la mie puis aligne, devant lui, des boulettes molles et lisses. David m'évoque un soldat soviétique. Ses pommettes saillantes, son corps maigre et sa haute stature jurent avec les courbes de Yasmine. Je m'esclaffe.

«Je donne pas cher de leur couple.

— Demande-lui au moins ce qu'elle pense de lui.»

J'aurais préféré m'affranchir de toute intrusion dans la vie sentimentale de Yasmine, mais Gaël insiste, et je capitule. Le message part.

Nos plats viennent et se vident. La conversation prend un tour léger, anecdotique, qui me berce loin des dérives de la veille. J'ai presque terminé mon poisson lorsque Gaël revient à la charge.

« Yasmine t'a répondu ?

— Non. Tiens, prends la fin de mes haricots, je vais l'appeler. »

Il s'empare de l'assiette tandis que je slalome entre les chaises. Les clients, pour la plupart, ont quitté les lieux, abandonnant derrière eux des nappes souillées de gras. La sonnerie retentit à plusieurs reprises. Enfin, Yasmine décroche.

« À quoi tu joues, Léo ? »

J'arrive sur le trottoir. L'air est glacial ; moins que sa voix. De l'autre côté de la vitre, Gaël trempe les haricots dans du ketchup.

« Comment ça ?

— Avec David. Tu peux te la garder ta pitié. »

Le piège se referme. Gaël, Yasmine, notre amitié, son attirance se mêlent dans un entrelacs suffoquant. Plus de deux ans déjà que j'esquive ses mâchoires.

« Pardon. Tu mérites mieux que ce type.

— Il m'a envoyé huit SMS depuis vendredi. Il veut qu'on aille voir le prochain match dans un pub. Il croit que le *sport*, ça me *branche*. »

Gaël me suit des yeux depuis l'intérieur. Le serveur a débarrassé notre table.

« C'est pas moi qui...

— Laisse tomber.

— On déjeune ensemble demain ? »

Elle raccroche.

Ce n'était pas si terrible, je songe. Je m'apprête à rejoindre Gaël lorsqu'une main s'abat sur mon épaule. Elle appartient à une brune assez quelconque, de taille moyenne, au nez proéminent. Une capeline de feutre écrase ses cheveux. Le fond de teint dissimule mal l'ecchymose qui lui barre la joue.

« Hey ! C'est toi », constate-t-elle, sidérée.

Deux filles la talonnent, chapeautées l'une d'une casquette de base-ball, l'autre d'un béret rouge, dans le style de ceux que les touristes achètent à Montmartre. Je revois l'abribus, sa morgue, ma gifle. C'est comme si la scène avait été jouée par une autre. Elle, incrédule, resserre l'empoigne. Aucune de nous ne sait comment réagir et tandis qu'elle s'agrippe à ma manche, je me demande combien de fantômes vont ressurgir encore.

« C'est toi ! » répète-t-elle.

Je m'esquive lâchement.

« Mais non, vous faites erreur. »

La fille me secoue le bras. Des passants s'arrêtent. Je tente de me dégager, elle s'accroche, et j'abandonne. Ma main pend mollement entre nous. Sa prise m'accable moins que toutes les bassesses, les mesquineries et les mensonges auxquels je sais m'être livrée. Je pressentais qu'ils me rattraperaient un jour.

La tentation m'effleure de les lui confesser mais Gaël, qui a assisté à la scène depuis la salle du restaurant, déboule sur le bitume.

«Qu'est-ce qu'il se passe, Léo? Tout va bien? C'est qui cette fille?

— Elle m'a attaquée cette nuit à cause de la poubelle, charge la brune sans me laisser le temps de répondre. Devant l'arrêt de bus!»

Sa garde rapprochée s'écarte. Cette histoire de poubelle n'a ni queue ni tête. Je remarque alors que la fille au béret presse entre ses gants un pochon de papier kraft. Il a la forme rebondie d'un *doggy bag*, et ce détail, sans que je sache pourquoi, me la rend éminemment sympathique.

Gaël toise l'accusatrice.

«Léo est rentrée en taxi hier. Elle n'était même pas dehors.»

L'autre vacille. Ses copines sont déjà loin. Elle me lance un regard noir, réajuste son chapeau, tourne les talons et disparaît sur l'avenue.

«Tout va bien, ma chérie.»

Les badauds se sont dispersés. Gaël ferme les bras autour de mes épaules. Le vent s'engouffre entre les pans de ma robe et lorsque je frissonne, il resserre son étreinte. Sa douceur a quelque chose d'indécent. J'ai frappé une inconnue, il vole à mon secours. À quoi bon m'évertuer à adopter un comportement honorable ? La faiblesse n'entraîne aucune conséquence. J'ignore ce que j'attendais de ce déjeuner, mais certainement pas cette victoire amère.

4.

14 h 30. Boulevard de Magenta. Salon.

Gaël et moi rentrons directement après l'incident. L'air frais, humide me fouette le visage et c'est avec soulagement qu'à l'issue d'une courte marche, nous retrouvons la chaleur de l'appartement.

Je m'installe dans le canapé. Lui se dirige vers la cuisine. Il allume la bouilloire, et bientôt, l'eau s'agite, les bulles explosent contre la surface.

« Tu m'as pas dit, s'obstine-t-il en me rejoignant. On est de bons entremetteurs ? »

Il porte un T-shirt imprimé de poissons tropicaux ; celui qu'il arborait le jour où, devant un café, j'ai confié à Yasmine mon attirance pour lui.

« Pas vraiment, j'élude. »

Nos vitres tremblent au passage d'un automobiliste. Le silence s'installe. Gaël attend davantage d'explications, mais les stridulations de la bouilloire m'offrent un répit bienvenu. Je me hâte en cuisine pour servir deux tasses de thé. Il a dû percevoir mes réticences car à mon retour, il réoriente la conversation.

« Nouvelle robe ? Elle te va bien. »

Je porte le mug à ma bouche. Le liquide clair me brûle les lèvres.

« Merci. »

Après ma séance de vélo tout à l'heure, je me suis douchée, j'ai appliqué sur mon corps un baume hydratant puis, le temps qu'il pénètre, j'ai sélectionné dans ma penderie cette robe longue, fleurie, et des bottines à talons. Les deux entailles sur ma cuisse, droites et fines comme les branches d'une agrafe, n'avaient pas encore cicatrisé ; néanmoins la douleur n'était plus assez vive pour me priver de cette coquetterie. J'ai rehaussé mes lèvres d'un rouge velouté. Gaël s'affairait dans le bureau. Je m'en suis assurée avant d'immortaliser ma toilette, puis, précipitamment, parce que je craignais qu'il ne débarque, j'ai publié les photos sur Instagram. Il ignore que je poste ce type de contenu. Le compte qu'il suit retrace nos repas, mes lectures, nos voyages. Mais ce n'est pas le seul que j'anime et, sous un pseudonyme, je suis blogueuse de mode.

J'ai ouvert ma page en dernière année d'école de commerce. Je disposais alors de longs week-ends de quatre jours, puisqu'Axel m'avait convaincue de choisir mes électifs en fonction de leur créneau horaire.

« Tu prends n'importe quels cours du moment qu'ils se concentrent sur le début de la semaine, a-t-il asséné, catégorique.

— Vraiment ? Le marketing du luxe, le jeudi soir, ça me tentait bien.

— Oublie. Tu sais même pas dans quel secteur tu veux bosser. »

Il avait raison. J'ai copié ses vœux et me suis offert le seul luxe véritable : celui de l'oisiveté. Les jeudis et les vendredis m'appartenaient.

Axel et moi fêtions notre liberté hebdomadaire dans l'une des rares boîtes parisiennes ouvertes le mercredi soir. Le barman du Social Club bradait ses cocktails pour alpaguer les noctambules. Le jeudi, nous rejoignions les autres aux soirées de l'école. Le vendredi, je dînais avec Jeanne. Elle travaillait le week-end pour financer ses études, et économisait ses forces tandis que je cuvais mes excès. Le reste du temps, je ne faisais rien. La liberté se révélait un fardeau encombrant.

« Tu t'ennuies pas, toi ? ai-je interrogé Axel un soir, affalée sur la banquette en skaï du club, un mauvais gin-tonic à la main.

— Non. Pourquoi ? »

J'ai égrené les jours sur mes doigts.

« Jeudi, vendredi, samedi, dimanche. C'est long. Faut que je trouve une activité enrichissante. »

Par enrichissante, je voulais dire rémunérée.

« Comme t'aimes bien les fringues, t'as qu'à devenir blogueuse de mode. Ça cartonne à Hong Kong. La meuf de Mathis fait ça.

— Jamais de la vie !

— C'est vrai qu'elle a l'air con, a-t-il rigolé. Mais les marques lui offrent plein de trucs. Enfin, c'est toi qui vois. »

J'éprouvais à l'égard de ces blogueuses une fascination mâtinée de mépris. Celles que je suivais s'autoproclamaient *influenceuses* dès lors qu'elles avaient pondu un publireportage ridicule pour une marque de détergent. Elles s'exhibaient entre les colonnes de Buren dans des fripes grotesques, traquaient les photographes du coin de l'œil, tout ça pour que *Cosmopolitan* immortalise leur *Street Style* dans un encart minable. Le fait que la copine de Mathis s'y adonne renforçait mon dédain. N'empêche qu'elles trustaient les rangs des défilés. Elles recevaient des cadeaux. Des milliers de lecteurs commentaient leurs publications. J'ai senti que cela impressionnait Axel et l'idée a fait son chemin. J'étais prête à me lancer ; à condition que personne ne le sache.

Instagram constituait la réponse idéale à mes velléités d'anonymat. Aucun de mes proches n'était inscrit sur la plateforme à l'époque. Encore fallait-il déterminer sous quel nom de scène déployer mon alter ego et, perplexe quant à la nomenclature, j'ai sollicité Axel à nouveau. Je tenais ses compétences informatiques en haute estime depuis qu'il avait piraté le réseau wifi de mes voisins.

« On parle de nommer un compte, pas d'écrire un poème, s'est-il amusé. Les pages qui rapportent le plus s'appellent faire-des-crêpes ou manger-léger. »

Axel ignorait que j'avais suivi ses conseils. Je prétendais me renseigner pour mon frère, qui s'était vu doté d'un projet fictif de portail sur les voitures de course. Le vocable culinaire me semblait aussi peu adapté au secteur automobile qu'au monde de la mode.

« Ça doit inspirer les visiteurs, me suis-je opposée.

— Exact. Et le meilleur moyen de savoir ce qu'ils veulent, c'est de regarder ce qu'ils cherchent. T'accoles les mots-clés les plus populaires et t'auras ton nom. Le site de ton frère parle de bagnoles, c'est ça ?

— Oui, ai-je rougi avant de plaisanter, ses visiteurs ne vont rien comprendre s'il l'appelle comment-faire-les-crêpes.

— Et il n'aura pas de visiteur s'il choisit mal son nom. »

Je n'étais pas convaincue, mais en l'absence d'alternative, je me suis mise en quête d'un générateur de mots-clés. Il m'a orientée vers le patronyme racoleur de Mode-Parisienne. J'avais le sentiment d'être une starlette montrant ses seins pour faire de l'Audimat.

Un univers tout entier s'ouvrait à moi. Le visage dissimulé par un masque vénitien, j'ai composé des associations improbables dont j'ai prétendu m'être affublée toute la journée. Je me cambrais dans un bleu de travail revisité et paradais en cuissardes estivales cosy. Pas très fraîche de la soirée de la veille, je m'affranchissais de tout pragmatisme pour improviser des mantras tels que « la salopette à strass est mon nouveau *must-have* ». J'écrivais « même pas mal aux pieds dans mes stilettos » sans préciser que si les souliers m'étaient indolores, c'était parce que je ne les avais jamais portés. Je rentrais le ventre pour mettre en valeur une combinaison seconde peau et vantais les mérites d'une parfaite petite robe noire dont la fermeture éclair coinçait aux clavicules. La plupart du temps, j'élevais l'appareil pour affiner ma silhouette. La caméra me prenait littéralement de haut.

Pour créer une connivence avec le consommateur, les publicistes convoquent des lieux communs tels que les ouvertures faciles (qui ne le sont pas), les portes que l'on tire (au lieu de les pousser) ou les lunettes que l'on cherche partout (alors qu'on les a sur le nez). Il pense : *cela m'arrive tout le temps,* donc : *ils m'ont compris.* Lorsque mes gesticulations ont rencontré un public, je me suis inspirée de leurs méthodes pour l'entretenir. Les poncifs du monde de la mode ont rallié mes accroches. *Suis-je la seule acheteuse compulsive de talons qui passe ses journées en sneakers ?* me suis-je inquiétée à l'appui d'une composition créative de mes pieds, chaussés d'un escarpin orange et d'une Nike Air rutilante. J'ai sondé l'auditoire : *que faites-vous de votre sac lorsque vous portez une cape ?* Sous une photo de mes cuisses, moulées dans un pantalon blanc dont la possession invalidait le propos, j'ai regretté : *impossible de trouver un jean clair qui ne constitue pas une atteinte à la pudeur. Des marques à me recommander ?* Ravis, mes lecteurs y sont allés de leur témoignage. Parisienne75 accusait une collection de quarante-cinq paires de stilettos flambant neuves. Miss58 ceignait une banane sous sa cape. FashionGirl enfilait son jean cul nu. La manœuvre portait ses fruits.

Chaque interaction améliorait mon référencement. Ces commentaires m'ont propulsée dans le radar des marques, qui m'ont dévoilé un protocole d'une parité exemplaire : un article reçu contre un article écrit.

Nous étions loin du sac Hermès frappé à mes initiales. Une enseigne de lingerie m'a gratifiée d'un soutien-gorge adhésif en taille 100D. L'expéditeur, qui louait la fraîcheur de mon compte, n'en avait pas visionné une seule image à en croire la disproportion du modèle. Je l'ai remercié, puis, le bustier maintenu dans mon dos à l'aide de pinces à linge, j'ai relayé cette *incroyable découverte*. Plus tard, une jeune créatrice m'a adressé deux foulards en viscose. Elle attendait mon avis avec impatience, pourvu qu'il contienne les termes *fashionista exigeante*, *escale à Paris* et *douceur d'alcôve*. La publication dont j'ai accouché était aussi exaltée que vide de sens.

« Une étoffe comme celle-ci se porte nue avec une goutte d'Eau de Guerlain », a commenté l'une de mes lectrices, dont les sponsors étaient apparemment plus prestigieux que les miens.

Il y avait quelque chose d'obscène à cette mascarade. Mes armoires regorgeaient de fripes mal coupées. Je vantais le *style contemporain* et la *qualité italienne* de godasses en PVC made in China. Le plaquage or des bijoux qu'on me refourguait sautait d'un coup d'ongle. Mes abonnés hypocrites s'extasiaient devant mes photos sans intérêt, et j'ai commencé à détester leurs envolées lyriques, leurs placements de produits à peine dissimulés. Lasse, j'ai cessé de répondre aux rabatteurs. Mon bordel a fini chez Emmaüs lorsque j'ai emménagé avec Gaël. En balançant ma camelote dans la gueule béante de la benne, j'ai songé que Charlie aurait été fière de moi. Mon expérience de blogueuse était devenue une entreprise humanitaire.

J'aurais dû supprimer le compte. M'affranchir de ces exhibitions débiles, tirer un trait sur les heures de travail englouties par ce jeu de dupes mais je n'en ai pas eu le courage. Mode-Parisienne existe toujours. Je l'alimente de temps à autre, lorsque j'ai l'égo en berne. Quelques *hashtags* bien sentis suffisent à m'assurer une audience et je m'accroche aux commentaires des lecteurs comme une star vieillissante. Voilà pourquoi ce matin, je me suis si bien apprêtée. Éprouvée par la soirée d'hier, avide d'un réconfort facile, j'ai photographié ma tenue de pied en cap et publié les images. Puis, après une courte hésitation, j'ai légendé : *Bonjour mes petits colibris ! Au programme ce dimanche, déjeuner en amoureux dans une maxi-dress ultra-tendance. Vous validez ? Brunch salé, brunch sucré, qu'importe tant que le brunch est stylé !*

5.

15 heures. Boulevard de Magenta. Premier étage.

Nos tasses gisent sur la table basse. Assis à mes côtés, Gaël concourt en ligne. Il s'est emparé de son téléphone au premier temps mort, un réflexe pavlovien qui l'entraîne invariablement sur le terrain des jeux de hasard. Je me saisis du mien par mimétisme. Ni Mathis, ni Jeanne, ni Axel ne sont revenus vers moi, mais Charlie m'a écrit. Elle me donne rendez-vous sur la place du Chancelier-Adenauer ; à 17 heures, comme convenu.

J'ouvre le navigateur pour localiser notre lieu de ralliement. Avant même que j'ai tapé son nom, une publicité criarde, convoquée par mes recherches du matin, fuse à l'écran. Elle vante les mérites des pythons d'élevage.

« Tu t'intéresses aux serpents ? »

Gaël l'a aperçue lui aussi. Je tire sur ma robe par réflexe.

« Je suis tombée sur un article par hasard, tout à l'heure. Sur Facebook.

— Ils sont responsables d'un décès toutes les quatre minutes. Cinq millions de personnes sont mordues chaque année. Tu le savais ?

— Non. »

Ravi, il énonce d'autres statistiques. J'ignorais qu'il maîtrisait le sujet. Quoiqu'à y bien réfléchir, cela ne m'étonne guère. Gaël est familier de ce type de tocade. Une thématique l'intrigue, il la documente compulsivement puis l'abandonne tout aussi vite. La dernière en date porte sur la destruction des nids de frelons asiatiques. Avant cela, il y a eu le nettoyage des graffitis, la retraite napoléonienne et le groupe de hip-hop OutKast.

« En France aussi ?

— Moins. On a une centaine de morsures par an, rarement mortelles. »

Gaël ébouriffe mes cheveux.

« C'est pas une raison pour céder aux achats impulsifs ! »

Il m'embrasse et se dirige vers le bureau.

À peine a-t-il quitté la pièce que je replonge vers mon mobile. Accident, morsure, décès, les articles que j'ai consultés ce matin occultaient les risques inhérents à la possession d'un reptile. J'aligne cette fois-ci les termes alarmistes. Un lien institutionnel rappelle les garde-fous contre ces dérives. Des certificats conditionnent la détention des espèces les plus venimeuses, les fermes d'élevage tracent leurs individus, mais rapidement, la liste des faits divers pointe les limites de ces précautions. Attirée par l'odeur du souffre, je dépile les chroniques au titre putassier.

« Chine : elle achète un serpent sur Internet, il la mord, elle meurt. »

« Provence : un reptile de trois mètres avale un chaton sur un balcon à Aix. »

« Pékin : un cuisinier mordu par la tête du serpent qu'il vient de décapiter. »

« Toulon : interpelé dans le centre-ville avec son boa, il explique que l'animal avait besoin de sortir. »

« Australie : il tue le python qui s'apprêtait à manger son fils. »

« Hérault : un Sétois mordu par une couleuvre dans sa vigne à Marseillan. »

Des jeux de mots du style *la morsure, une mort sûre* et les photos des membres sanguinolents accompagnent ces récits. Des pansements de fortune maintiennent les chairs en place. Les phlyctènes bleuâtres saillent des membres et partout, comme une marque de fabrique, deux points rouges tranchent les peaux boursouflées.

L'image qui accroche mon regard n'est pas la plus sordide. Elle présente une main blême, enflée. La légende indique : « Un cas d'envenimation humaine par un colubridé de compagnie ». Les fluides sous-cutanés distendent l'épiderme. L'œdème, la peau moite, les trouées symétriques ne me sont que trop familiers. Mes doigts tremblent ; si bien qu'un clic malencontreux referme la fenêtre. Je tente de revenir en arrière. Le Sétois de Marseillan s'obstine à l'écran. En tête d'article, la couleuvre incriminée me fixe de ses yeux sombres. Impossible de retrouver la main malade mais j'en ai la certitude à présent : hier, dans le bureau de Marc, j'ai été mordue par un serpent.

Cette évidence propulse la découverte de Charlie dans une autre dimension. Marc est totalement inconscient, il nous a mis en danger et tout ça pour quoi, une petite fête minable, le grand rassemblement des futurs CSP+. L'une des bêtes a dû s'échapper. Aux articles précédents aurait pu s'ajouter cette réclame : « Une soirée dégénère, les reptiles étaient de sortie » ou « Paris : à qui sont ces serpents qui sifflent sous vos toits ? » J'entends les animaux glisser au sol, les hurlements des convives. J'entrevois la panique, les morsures, les morts sûres et tandis qu'au salon, les danseurs succombent au baiser mortel, je m'imagine, les collants glissants contre la bâche glaciale, courir chercher refuge dans la salle de bains et appeler Gaël.

J'échafaude depuis toujours des stratégies de survie. Gaël trouve cette fantaisie charmante. Lorsqu'il m'interroge, je devine dans ses yeux l'espoir d'une catastrophe nouvelle. C'est presque devenu un jeu entre nous. J'expose mes plans, il traque leurs failles. En cas d'incendie, les fenêtres du salon offrent un tremplin idéal vers la rue. Dans le scénario d'une attaque de pitbull, je grimpe au sommet de l'étagère de la chambre. Gaël m'a suggéré de déposer une gourde d'eau fraîche en haut du meuble et sur le larmier, le double des clés. Autant éviter d'être bloquée en culotte sur les trottoirs dégueulasses du 10e arrondissement. Jamais encore nous n'avions songé aux serpents.

Je pousse la porte du bureau, impatiente de lui présenter mes trouvailles. La soirée, les serpents, la salle de bains, le synopsis devrait lui plaire. Gaël a les yeux rivés sur l'ordinateur. De longs soupirs ponctuent sa saisie.

« T'as deux minutes ? »

Il sursaute et ferme la page qu'il consultait. Avant que son CV s'affiche, j'ai le temps de reconnaître la plateforme sur laquelle il joue aux échecs.

« Qu'est-ce que tu fais ?

— Rien, élude-t-il. Et toi ? »

Je songe à mes lectures, au Sétois mordu par une couleuvre dans la vigne de Marseillan.

« Pas grand-chose. Tes candidatures avancent bien ? »

Il détourne les yeux. Gaël me tient à l'écart de ses recherches d'emploi et j'ai beau insister, je peine à grapiller la moindre information. *Tu ne peux pas comprendre*, se justifie-t-il parfois, comme si mon statut de cadre me disqualifiait d'emblée. Il ignore les scrupules qui m'assaillent, le dégoût croissant que m'inspire mon métier. Parce qu'il les a endurés le premier, Gaël s'arroge l'exhaustivité des déboires professionnels de notre couple. Alors je tais mes doutes. En lieu de dialogue, je cible des fiches de poste. Il fustige mon ingérence, moi sa fierté, mais au fond, plus que tout, c'est son indépendance qui me vexe. J'aurais aimé jouer un rôle dans ses recherches. N'importe lequel, pourvu qu'il ait besoin de moi.

« Ça va, consent-il à l'issue d'une longue minute de silence.

— Bon. Je te laisse alors. »

Mes histoires de sauvetage peuvent bien attendre. J'y dépeignais Gaël en héros, mais cet homme fuyant et pétri de complexes m'aurait laissée crever dans ma baignoire.

Je retourne au salon. Notre échange a duré moins de temps qu'il n'en faut pour dérider un coussin et, affalée sur le sofa, je repasse pour la millième fois le film de la soirée. Dans chaque recoin je traque la présence de serpents. C'est alors que l'image d'Axel, de ses billets qu'il agitait, me revient à l'esprit. L'espoir m'effleure qu'il détienne des réponses et, excitée par cette perspective, je compose son numéro.

« Salut Léo. »

J'entends chuchoter derrière lui. Axel se tait un instant, puis éclate de rire. Il a dû rentrer avec une fille.

« Salut. Tu vas bien ?

— *Todo bene*. Et toi ? Quelle soirée ! Je suis totalement H.S.

— Je te dérange ? T'es chez toi ?

— Nope. »

Les gloussements reprennent de plus belle. Des deux questions, j'ignore à laquelle il répond.

« Je voulais te parler d'un truc. Hier, l'argent, tu disais …

— Mon salaire ? T'inquiète, je vais tout te dire. Ils me proposent un package à cent. C'est pas mal, mais j'hésite. Mathis gagne au moins le double dans sa banque. J'étais meilleur que lui en finance. »

Je revois ses mimiques réjouies, son sourire carnassier lorsqu'il s'épanchait sur sa démission. Je voulais parler des billets mais il m'entraîne une fois encore vers les affres de son égo.

« J'imagine qu'ils ont des grilles salariales », j'assène sans conviction.

Axel ne répond pas. Son silence trahit son mépris.

« Et puis Mathis, ajouté-je pour l'amadouer, c'est pas comparable. Son père bosse dans un fonds, il a des contacts. »

Axel glose : « Les contacts de Mathis, ça te connaît. »

Des rires ricochent derrière lui. On dirait qu'ils sanctionnent mes paroles, et je me demande s'il a activé le haut-parleur. Ce serait bien son genre, lui qui ferait n'importe quoi pour se mettre en valeur. Un profond dégoût me submerge. La pertinence de l'appel m'apparaît de plus en plus contestable.

« Bon, il faut que j'y aille. Désolée de t'avoir dérangé. Au fait c'est qui, avec toi ?

— Personne. »

Il me remercie pour mes conseils qui n'en sont pas. Je le félicite pour le poste sur lequel j'espère le voir se planter. On raccroche.

J'ai longtemps admiré la pugnacité d'Axel. En première année d'école de commerce déjà, il s'escrimait pour parvenir à ses fins mais c'était une opiniâtreté joyeuse, celle d'avant Krampnitz. Ses efforts avaient quelque chose de touchant. Lorsqu'il a compris qu'il n'obtiendrait ni les notes les plus hautes, ni le stage le plus réputé, il a commencé à affabuler. Axel brûlait de se distinguer.

« L'été du bac, aimait-il raconter, j'ai brunché sur le yacht de la famille royale de Monaco. J'étais descendu pour assister au Grand Prix de Formule 1. Mon parrain taffe avec un type de la famille Verstappen, il les connaît bien. Bref, on arrive sur le Rocher, on loue des motos, on *check-in* au Monte-Carlo et là, une fille sublime, le genre mannequin, m'arrête dans le hall pour m'interviewer. Elle m'avait pris pour Romain Grosjean ! Il commençait tout juste à rouler pour Renault à l'époque. Avec le casque, personne voyait trop la tête qu'il avait. Ça m'a fait marrer. J'ai un peu joué le jeu avant de vendre la mèche. T'imagines, si les images étaient sorties ? La honte. Du coup, la fille était vraiment reconnaissante, si tu vois ce que je veux dire. On a passé le week-end ensemble. Comme elle bossait au Jimmy's, elle connaissait tout le monde et le dimanche, je te jure, on a assisté à la course en bouffant du caviar avec les Grimaldi. »

Personne n'y croyait, bien sûr, mais nous raffolions de ses récits. Lui jubilait. Chaque encouragement confortait sa métamorphose. Chaque ovation enterrait plus encore le gamin grassouillet, boutonneux qu'il traînait derrière lui. Un type l'avait pris en grippe au collège. Tout avait commencé par des brimades, des bousculades. Axel n'avait pas d'ami, personne pour le défendre et bientôt, il était devenu le souffre-douleur de sa classe. Les crachats avaient succédé aux moqueries. Les coups aux mollards, jusqu'à ce qu'un soir, il rentre le visage en sang, les mains couvertes de merde. Ses parents l'ont changé d'établissement. Ne subsistent plus de cette période que des cicatrices, celles de l'acné et d'autres, longues et fines, sous son arcade.

Axel a perdu vingt kilos depuis le collège. Il porte des jeans de marque, du fond de teint et des talonnettes.

La figure de patinage artistique dont il emprunte le nom consiste à tournoyer le plus haut possible dans les airs. Pour s'élever, lui est prêt à tout. Il consigne dans un calepin Moleskine les contacts à activer, les filles à se faire, tout ce qu'il piétine pour y parvenir. Je l'ai feuilleté, un jour où il l'avait oublié sur une table. Charlie et Mathis lui avaient inspiré plusieurs pages de notes. Ni mon nom, ni celui de Jeanne n'apparaissaient. J'ai détesté le ressentiment que j'ai éprouvé.

Gaël me rejoint au salon. Il passe la main dans sa nuque, et bascule d'un pied sur l'autre.

«Je bossais sur mon CV. Tout à l'heure, je veux dire. Pour un poste d'analyste. T'étais au téléphone?

— Oui, avec Axel.»

Puis après un silence, j'ajoute : «Il a chopé un super poste. Un truc énorme, payé une blinde, dans l'agro-alimentaire.»

Gaël m'adresse un regard douloureux, et dans un soupir, il retourne à son bureau, à ses échecs.

6.

16 h 30. Boulevard de Magenta, puis place du Chancelier-Adenauer.

La place du Chancelier-Adenauer jouxte la rue dans laquelle habite Marc. Cela m'a troublée lorsque je l'ai constaté tout à l'heure, au moment de quitter l'appartement. Je boitais sur les pavés du hall lorsque l'impression de déjà-vu m'a assaillie. Cet après-midi comme hier soir, Gaël m'avait exhortée à ne pas rentrer trop tard. J'ai dévalé les marches. Glissé sur le sol humide, à l'endroit même où j'avais dérapé cette nuit. Déclenché l'ouverture, tiré le battant, chancelé. Hier, je frissonnais sous le vent glacial. Ce midi, Gaël emboitait mes pas. La clarté m'aveugle cette fois-ci. C'est l'unique variation par rapport au schéma d'origine. Après ça, comme chaque jour, je referme la porte, je guette le déclic et je fends le trottoir.

Le soleil dore la bordure des toits. Une main en visière, je remonte le temps et le boulevard de Magenta. La poubelle éventrée la veille exhibe son sac flambant neuf. Un jeune couple s'enlace devant l'arrêt de bus sous lequel je me suis abritée. Ma cuisse chauffe à mesure que je grimpe jusqu'à Barbès. J'embarque, descends du métro station Victor-Hugo, et émerge sur la place éponyme. Les plaques commémoratives dressent une haie d'honneur le long de l'avenue Bugeaud. Henri Rochefort côtoie Joséphine Getting. Les drapeaux de l'ambassade du Nicaragua flottent au vent. Plus loin, une tablette de marbre annonce : *Dans cet immeuble Paul Misraki, 1908-1998, écrivit et composa chansons, musiques de films et livres de 1963 à 1998. Qu'est-ce qu'on attend pour être heureux ?* À trois reprises, il me semble reconnaître la porte de l'immeuble de Marc.

Charlie m'attend sur place. Elle porte les mêmes vêtements que la veille, un jean et un gilet de maille dont le volume souligne la finesse de ses attaches. Je me sens endimanchée dans ma robe longue.

« Tu es en retard », me réprimande-t-elle.

Je l'embrasse et désigne la bâtisse campée dans son dos. D'un style néoclassique, elle déploie ses trois niveaux derrière l'enceinte de pierre. Le nom flanqué au-dessus du portique, Saint James Paris, m'évoque tout au plus les marinières normandes.

« On est où ?

— C'est un club privé, un ancien aérodrome. Les premières montgolfières se sont envolées d'ici. Les bourges trouvent ça poétique, j'imagine. On n'y va pas, précise Charlie en voyant mes yeux pétiller. Sérieux, Léo ! »

Elle s'adosse contre le mur. Devant nous, les automobiles cahotent sur les pavés disjoints. Le grondement de leurs pneus contre la roche me berce doucement.

« Qu'est-ce qu'on fait maintenant ?

— On attend Jeanne.

— Oui, mais en attendant ?

— Elle arrive. Je vais tout t'expliquer. »

Plus tard, aurait-elle pu ajouter car je tends l'oreille, mais rien ne suit. Un sourire énigmatique flotte sur ses lèvres. Lorsque le vent se lève, ses cheveux se dispersent et j'aperçois, à son lobe droit, une boucle massive, siglée d'un double C.

« Tu portes du Chanel, toi ? »

Pour toute réponse, elle se pavane un instant. Cette coquetterie ne lui ressemble pas. Charlie méprise les signes extérieurs de richesse.

« Joli », apprécié-je finalement, parce qu'elle m'observe, et qu'il faut bien dire quelque chose. Elle hoche la tête. Puis, comme si elle venait de se souvenir d'un détail important, elle remarque : « C'est vrai que je m'adresse à une prêtresse de la mode contemporaine.

L'une des plus grandes influenceuses du vingt et unième siècle ! »

Mes joues s'embrasent. Elle, pianote déjà sur son téléphone. Il ne lui faut que quelques secondes pour retrouver ce qu'elle cherche. Charlie s'éclaircit la voix.

« Bonjour mes petits colibris. Au programme ce dimanche…

— Arrête !

— Au programme ce dimanche, reprend-elle, déjeuner en amoureux dans une *maxi-dress* ultra-tendance. Vous validez ? Brunch salé, brunch sucré, qu'importe tant que le brunch est stylé ! »

Elle éclate d'un rire clair, tandis que six années de publications futiles, de commentaires idiots et d'égocentrisme défilent sous mon crâne. Les tempes me brûlent, mon cœur bat le tambour. Je m'affaisse sous le regard perplexe de Charlie.

« Comment tu l'as trouvé ? demandé-je piteusement.

— Ton post ? Très drôle. Mathis et Axel l'ont *liké* eux aussi.

— Mais non, le compte.

— Quel compte ? »

Elle me tend son portable. Le portrait en pied de ma tenue du jour succède aux photos de Gaël, d'une part de cheese-cake et d'un bouquet de dahlias. Les images prennent des airs de satire aux côtés de mes publications précédentes. Mathis a réagi par un smiley hilare. « Tu es magnifique », a commenté Gaël dans un premier degré qui m'étonne et m'embarrasse.

J'ai publié les photos sur le mauvais compte. Personne n'a exhumé Mode-Parisienne des abysses d'Instagram. Je tente de recouvrer mes esprits, mais plutôt qu'un soulagement, c'est la peur qui me prend. À treize ans, j'ai balancé sans remords mon Skyblog Gothique-Attitude au cimetière. À vingt-cinq, aveuglée par les compliments d'une poignée de greluches, je n'ai pas eu le courage de faire de même avec Mode-Parisienne. Je me suis ramollie. Les empreintes semées derrière moi auraient pu me revenir en pleine face. Il ne faut rien laisser au hasard, je songe, détruire pour reconstruire à mesure qu'on avance. Le cycle s'est enrayé et je n'ai qu'une hâte, anéantir ce compte pour rétablir l'équilibre.

Je rends son téléphone à Charlie, qui hausse les épaules.

Jeanne nous rejoint peu après. Elle a quinze minutes de retard, le souffle court, et n'esquisse pas même une excuse.

« Quelle journée ! s'exclame-t-elle en nous enlaçant. J'ai un tas de trucs à vous raconter. Ça va ? Tu fais une drôle de tête, Léo. »

Je me dégage.

« Et toi, t'as l'air plus en forme qu'hier soir.

— Ben et moi sommes de nouveau ensemble. Il m'a rappelée cette nuit. Il a dit qu'il avait flippé, qu'il voulait une deuxième chance. Je suis tellement heureuse ! »

Elle irradie et tandis qu'elle expose les développements de l'affaire, le sens premier du terme me frappe : Jeanne émet des radiations qui m'altèrent. Plus elle se pâme, plus je me crispe. Sa romance m'inspire des pensées assassines.

« Il s'est excusé de t'avoir larguée comme une conne devant ses potes ? »

Elle évite mon regard.

« Dis pas des choses comme ça. Ben est quelqu'un de bien. »

Jeanne se lamentait dans mes bras il y a moins de vingt-quatre heures. Elle ignore mes messages depuis lors et je voudrais la punir, qu'elle souffre, mais Charlie s'impatiente. Je ravale mon venin. Nous sommes ici pour parler reptiles, pas blaireaux.

« Si tu le dis. Alors Charlie, qu'est-ce que tu as en tête ?

— J'ai vu des serpents dans l'appartement de Marc, récapitule-t-elle avec une théâtralité inutile. J'en suis certaine mais… »

Mauvaise actrice, elle s'interrompt et lève la main vers son lobe. Ses yeux ronds lui donnent l'air d'un personnage de manga.

« Oh, mince, j'ai perdu ma boucle d'oreille pendant la fête ! Nous allons devoir y retourner. »

Il doit s'agir d'un clip, car ses oreilles ne sont pas percées. Charlie m'adresse un clin d'œil. Elle n'arborait aucun bijou hier.

« Vous en pensez quoi ? Super prétexte, non ? J'ai tout organisé avec Rafael. Il nous attend pour 17 heures.

— Rafael ?

— Un type avec qui j'ai sympathisé hier, il vit là-bas.

— Je pensais que c'était chez Marc. »

Charlie soupire. Elle semble considérer ce détail comme mineur.

« J'imagine qu'ils sont colocataires. »

Je secoue la tête, convaincue qu'il s'agit là d'une information importante. Ni Axel, ni Mathis n'ont jamais évoqué Rafael.

La conversation dérive vers des considérations pratiques à mesure que nous approchons de l'adresse. Comment allons-nous occuper nos hôtes ? Les vivariums sont-ils toujours en place ? Jeanne se prend pour un agent infiltré. Charlie évoque les risques, et leur liste, plutôt que de la raisonner, l'excite. Aucune de nous ne formule la question fondamentale, à savoir ce que nous entreprendrons si Charlie a raison. En vérité, sans doute rien. Nous allons pénétrer dans l'intimité de Marc, remuer ses sales petits secrets et tout cela n'a d'autre finalité que celle de satisfaire nos plus vils instincts. La curiosité légitime dissimule à peine nos pulsions voyeuristes. L'enthousiasme me gagne à mon tour.

J'ai toujours aimé fureter. Plus jeune, je subtilisais les perles tombées sous les présentoirs à bijoux du Monoprix de mon quartier. J'avais le sentiment de me saisir de quelque chose de grand, de beau, mais j'ignorais quoi. Ma collection s'est ensuite élargie aux testeurs de maquillage. J'embarquais les échantillons passés de main en main, des gloss gluants, des fards écrasés, des vernis pâteux. Mille lèvres striaient les bâtons de rouge. Des lambeaux de peau mouraient dans les flacons. En les contemplant, j'ai compris que ce qui m'attirait, dans ce butin dégueulasse, c'était la vie. Les perles étaient lisses et aseptisées. Les cosmétiques trahissaient l'affaissement des corps, une vérité nue, sale et crue, qui me plongeait au cœur du mystère humain tout entier.

L'année de mes quinze ans, ces investigations ont pris une tournure nouvelle. Tout a commencé par vingt euros quémandés à ma mère. « L'argent, ça se mérite, m'a-t-elle objecté. Les Martinot dînent avec nous samedi. Tu vas garder leurs filles. »

Les Martinot étaient ravis. Le week-end venu, ils m'ont fait faire le tour du propriétaire et j'ai écouté leur laïus d'une oreille distraite, en lorgnant les portes closes. J'ai couché les enfants, et je me suis dirigée vers la cuisine. Le réfrigérateur dégageait une odeur aigre.

Des conserves périmées détrempaient contre la paroi. Sur l'étagère supérieure, un Tupperware cachait autant la misère qu'il attisait ma curiosité. Un léger *ploc* a retenti lorsque j'ai glissé mes ongles sous son couvercle. J'ai tendu l'oreille. Il n'y avait pas un bruit, alors, enhardie, j'ai goûté le gratin informe, les restes d'un ragoût puis, scrupuleusement et sans scrupules, j'ai tâté les viandes, croqué les fromages, affiné l'inventaire.

Le contenu du salon m'a déçue. Les placards regorgeaient de papiers administratifs, des dossiers médicaux et des relevés de compte auxquels je ne comprenais rien. J'ai reposé les avis de découvert pour m'attaquer à la salle de bains. D'obscures lotions prenaient la poussière sur le rebord du lavabo. Des rognures d'ongles et un dentier pourrissaient au fond d'un tiroir. Dans la penderie de la chambre, j'ai traqué les taches de transpiration, les coutures distendues, les accrocs. Chaque indice ajustait ma projection du couple. À qui appartenaient ces escarpins en taille 42 ? Pourquoi les Martinot cachaient-ils une boîte de préservatifs derrière la tuyauterie ? J'ai compté les capotes et vérifié la pointure de madame. Les culottes fanées confirmaient l'épuisement conjugal.

Satisfaits de la prestation, mes employeurs m'ont recommandée à leurs amis. Eux-mêmes m'ont introduite dans de plus vastes cercles. En banlieue, les parents financent l'argent de poche des enfants du voisinage sous couvert de service rendu, et j'ai profité de cette règle tacite pour étendre mon enquête. Mes sujets rémunéraient mes recherches. À six euros de l'heure, je n'étais pas loin d'estimer avoir trouvé ma vocation.

Mon entrée en classe préparatoire a sonné le glas de cet état de grâce. J'ai quitté ma ville natale. Les Martinot et les autres ont poursuivi leur existence hors de ma vue tandis qu'en vain, je cherchais ailleurs cette exaltation. Les temps avaient changé. Chacun effaçait les traces de son passage. Les AirBnB dans lesquels je séjournais étaient aseptisés comme des chambres d'hôtel. L'anthropologie me laissait, plutôt qu'une ivresse, une vilaine gueule de bois.

Et puis j'ai replongé. Un jour d'absence de Gaël, j'ai oublié mes clés à l'intérieur de l'appartement. Je tentais de crocheter la serrure avec ma carte de fidélité Picard lorsque mes voisins ont déboulé sur le palier. Ils sortaient dîner. Autant que j'aille chez eux, ont-ils suggéré en me tendant leur double. À peine ai-je eu le temps de les remercier qu'ils dégringolaient l'escalier. La porte du hall a claqué. La lumière s'est éteinte. J'avais carte blanche et quinze ans à nouveau. Fébrile, je suis montée d'un étage. J'ai avancé dans la pénombre, doucement tout d'abord puis, comme une camée en manque, je me suis ruée vers le salon. La bibliothèque abritait *Cinquante nuances de Grey*, les *Onze Mille verges* d'Apollinaire et des œuvres de Sade en Pléiade. Un lubrifiant goût fraise avait roulé sous la table de nuit. Dans le frigo, le camembert coulait à même l'étagère, affaissé au centre d'une flaque aussi lisse que l'ivoire. Du rôti en croûte figeait dans une porcelaine de Gien. J'ai humé la viande, la pâte imbibée de sang, avant de reculer. Ces gens m'accueillaient chez eux. J'avais trahi leur confiance et, honteuse, je me suis repliée vers l'entrée. Il me restait deux pour cent de batterie. Puisqu'il me fallait tout de même ressusciter mon téléphone pour contacter Gaël, je me suis mise en quête d'un chargeur. Celui que j'ai déniché avait le fil si court que j'ai dû m'accroupir pour l'utiliser. Prostrée au sol, j'ai maudit mes voisins. Leur bienveillance m'avait ôté de la bouche ma dernière madeleine de Proust.

Point d'état d'âme cette fois-ci. Charlie m'offre une revanche de choix. Elle, avance d'un pas décidé. La boucle solitaire rutile à son oreille.

« On va retrouver l'autre ?

— Bien sûr. Derrière un meuble, sans doute. »

Elle sort de son sac la seconde moitié de la paire, qu'elle glisse dans sa poche. Le bijou dessine un renflement ovale sous le tissu de son jean. Charlie a pensé à tout.

7.

17 h 30. Avenue Bugeaud.

La porte qui flanque l'immeuble de Marc est bleue, haute et élégante, bien différente des trois avec lesquelles je l'ai confondue tout à l'heure. Une trace au sol confirme que nous sommes au bon endroit. Un écriteau pourrait être apposé : *Ci-gît un grand cru bordelais.* Charlie s'avance vers le porche.

« Dis-moi, je l'arrête. T'as rencontré Marc hier ?

— Décidément il t'obsède, plaisante-t-elle. Mais, non. Il faut dire qu'il y avait du monde. »

Elle aligne les chiffres sur le digicode avec des airs de propriétaire. J'ignore si elle surjoue l'assurance ou si elle se sent réellement à son aise, dans son droit. Un bip conclut chaque saisie. J'insiste.

« Même pas pour les cadeaux ? »

Un larsen nous refuse l'entrée. Charlie s'immobilise, soudain hésitante.

« Ah oui, t'étais déjà partie. Ça, c'était étrange. Axel a allumé des bougies, on a apporté les cadeaux, mais personne ne les a ouverts, et celui de Mathis avait disparu.

— Il m'a dit. »

Telle une fièvre, l'excitation retombe et me laisse pantelante. Cet immeuble me fait l'effet d'une cage qui m'étouffe. Jeanne jette des coups d'œil inquiets par-dessus son épaule.

« Allons prendre un thé quelque part, je me rétracte. Je le sens plus trop. »

Nous en serons quittes pour une bonne histoire. Mais Charlie persiste, à nouveau elle aligne les chiffres, et la porte s'efface devant nous.

Dedans, le hall est sombre et humide. L'odeur du savon noir me prend à la gorge. Les talons de Charlie laissent des empreintes grises dans les flaques et je songe, nous y voilà. À peine arrivées, déjà nous laissons des traces. Les courbes du dragon qui orne la mosaïque me font l'effet d'un présage funeste.

« Saleté de reptile ! » je peste.

Charlie sursaute. Elle scrute le carrelage comme si la bête en chair et en os pouvait en jaillir.

« Où ça ?

— Ici, dessiné par terre.

— La baleine ? »

Je plisse les yeux. Les lignes s'épaississent, les écailles fusionnent, les crochets se rétractent en fanons. Jeanne abonde en son sens. Mon reptile est un cétacé. L'illusion achève de brouiller mes repères. J'éprouve, à l'idée de me jeter dans la gueule de Marc, une angoisse grandissante.

« Bon, t'as fini d'admirer la déco ? » me presse Charlie.

Quatre boîtes aux lettres occupent le mur principal. Aucun signe ne les distingue les unes des autres. J'espère que Jeanne contestera l'expédition, mais la minuterie s'éteint, et elle s'engage dans l'escalier.

Le palier du troisième étage ressemble aux deux précédents. S'y dresse une porte unique, dont la plaque indique sobrement *C.D.* Les initiales ne concordent ni avec le prénom de Marc, ni avec celui de Rafael. Charlie frappe contre le battant. Des pas résonnent de l'autre côté. L'œil-de-bœuf s'éclaircit, les clés cliquètent, le verrou tourne et je recule d'un pas.

« C'est un véritable débarquement ! s'exclame un petit brun en nous découvrant toutes les trois sur le seuil.

— Pardon, j'aurais dû te prévenir. Je prenais un café avec Léo et Jeanne, elles sont venues m'aider à chercher ma boucle d'oreille. J'espère que ça te dérange pas. T'as rien trouvé ? »

Charlie rougit mais il secoue la tête, se penche vers elle et l'embrasse avec chaleur. Ma poitrine se serre.

On dirait deux vieux copains. Tout le monde aime Charlie.

« Raf, se présente-t-il. Tu es Éléonore ? Mathis m'a beaucoup parlé de toi.

— Léonore. Marc n'est pas là ? »

Rafael me dévisage d'un drôle d'air.

« Il est parfois difficile à suivre. C'est ce qu'on aime chez lui. »

Je me sens gauche, à côté de la plaque. Pour me rattraper, j'ajoute :

« En tout cas, c'était très sympa son anniversaire. Et toi, c'est quand ?

— Fin septembre. Pourquoi ?

— Donc, t'es Balance. Je suis Vierge. Balance, Vierge, même combat ! »

Il se fend d'un sourire courtois, puis se tourne vers Jeanne. Nos signes, l'un comme l'autre, déclenchent les rires gras des adolescents. Voilà où je souhaitais en venir mais plus je l'observe, moins j'imagine Rafael raillé par des collégiens. Il dégage la même sympathie naturelle que Charlie. C'est d'ailleurs là son unique trait notable. Pour le reste, son allure se caractérise par la négative : il n'est ni grand ni petit, ni gros ni maigre, ni beau ni laid. C'est un garçon de taille moyenne aux cheveux épais, aux yeux marron et à la peau sombre. Il m'évoque cette blague que Mathis et moi faisions en école de commerce : *tu vois le mec brun, mal rasé, avec son polo d'association ?*

« Entrez, nous invite-t-il. Vous voulez boire quelque chose ?

— Il te reste des bières ? demande Charlie.

— Bien sûr. Une IPA, c'est ça ? Pour vous aussi, les filles ? »

J'acquiesce. Jeanne décline. Rafael connaît jusqu'aux bières favorites de Charlie. Je me demande quelle sera l'étape suivante. Il va lui chanter la sérénade à la guitare ? Charlic, conquise, le remercie et ils plaisantent un instant. J'ignore si elle tente sciemment de l'amadouer ou si elle a enclenché spontanément l'opération séduction, par habitude.

Après une ultime taquinerie, ellc s'appuie sur le bras de Rafael pour ôter ses souliers. Je m'adosse contre le mur pour retirer les miens. Jeanne m'imite. La bâche plastique a été retirée. Le sol nu a quelque chose d'obscène. Lorsque nous nous engageons dans le couloir, le parquet grince, et des échardes se plantent dans mes collants.

Les étagères entre lesquelles nous progressons croulent sous les babioles. Certaines me sont familières, d'autres ont dû être écartées le temps de la fête, mais toutes dégagent la même étrangeté, comme si nous pénétrions dans le cabinet des curiosités d'un collectionneur abstrus. Un corbeau empaillé nous fixe de ses yeux vides. D'anciennes gravures présentent ce qui, à première vue, me semble être une cérémonie païenne.

Trois masques incas grimacent contre le mur. Sur les tablettes, des petits crânes jaunis gisent aux côtés de cristaux de souffre, d'un œuf d'autruche et d'un alambic, dont les courbes disparaissent sous les ramifications d'une plante carnivore. Elle étend ses mâchoires crénelées de part et d'autre du passage. Je m'arrête devant ses limbes avides, roses et bombées, poisseuses de sucs.

« Ce sont des dionées attrape-mouche, explique Rafael. Les plus grosses peuvent avaler de petits mammifères.

— Tu rigoles ! »

Je m'écarte malgré moi.

« Bien sûr. La simple digestion d'une guêpe leur prend trois semaines. Celles-ci proviennent des tourbières de Caroline du Nord. Ces plantes sont fascinantes, apprécie-t-il. Elles ne referment leur piège qu'au second contact, pour ne pas l'actionner à tort. Regarde. »

Rafael effleure le pourtour d'une feuille. Rien ne se passe. Lorsque je lève le bras à mon tour, il écarte ma main.

« Ne l'embêtons pas. »

Déçue, je me dirige vers le salon.

La surprise qui nous y attend vaut toutes les dionées. Affalé sur le canapé, les pieds croisés sur la table basse, Axel s'étouffe avec la fumée de sa cigarette électronique lorsque nous débarquons dans la pièce. Sa stupeur confine à l'impolitesse.

« C'est elles que t'attendais ? s'exclame-t-il avant de se tourner vers nous. Qu'est-ce que vous foutez là ? »

Jeanne lisse le tissu du canapé et s'installe aux côtés d'Axel. Son aplomb m'impressionne.

« On a perdu une boucle d'oreille. Vous n'avez rien trouvé en rangeant ? »

Preuve à l'appui, Charlie exhibe son lobe nu.

« Ce sont des Chanel. Elles appartenaient à ma grand-mère. J'y suis très attachée. Enfin, elles se détachent facilement ! »

La plaisanterie plaît à Rafael, qui éclate d'un rire entendu.

« On va la retrouver, lui promet-il. T'inquiète pas. Ah, vos bières ! »

Il quitte la pièce. Je m'assois à mon tour. Axel scrute les oreilles de Charlie, visiblement suspicieux. Difficile d'imaginer que nous nous déhanchions sur la table basse il y a quelques heures à peine. Une pile de catalogues de voyages surplombe le meuble impeccable. La télévision occupe l'emplacement du buffet. Aucune cendre, aucune miette, aucun effluve ne trahit le passage des fêtards. L'odeur de la javel drape cette propreté d'une allure suspecte.

Rafael revient sans que nous ayons échangé un mot. Il dépose quatre bières sur les revues, sort des dessous de verres et s'empare du décapsuleur, un dinosaure en métal. Une auréole humide se forme sous le cul des bouteilles.

« C'était chouette hier », relance Charlie.

Elle attrape la boisson la plus proche, dont elle descend une grande rasade. Après un hoquet, elle la repose sur la table.

« Alors Axel, t'as dormi ici ?

— Raf est un ami de longue date. On se connaît depuis la prépa. »

Elle acquiesce, bien qu'il n'ait pas répondu à sa question. J'ignore où se trouvait Axel lorsque nous nous sommes parlé tout à l'heure. La voix derrière lui m'a semblée féminine. Peut-être n'était-ce que le timbre de Rafael.

« Je t'ai jamais vue avec ces boucles d'oreilles, remarque-t-il finalement.

— Oh. Je les sors pour les grandes occasions. »

Charlie s'esquive vers la bibliothèque. Elle s'accroupit pour farfouiller sous le meuble, inspecte les interstices entre les lattes du parquet comme si le bijou, de la taille d'une noix, avait pu s'être glissé là. Jeanne corne les coins d'un catalogue des croisières Hurtigruten. Axel scrute ostensiblement son portable.

« Mathis t'a répondu ? demande-t-il à Rafael.

— Oui, il est à la bourre. »

Il ne manquait plus que ça. Charlie, toujours à quatre pattes, se traîne d'un bout à l'autre du salon.

On devine la rondeur du métal dans sa poche postérieure. Rafael lorgne ses fesses.

« T'as besoin d'aide ?

— Non, merci. Je vais jeter un coup d'œil dans la cuisine si ça t'embête pas. Au fait, l'IPA est délicieuse.

— Fais comme chez toi. Il en reste quelques-unes dans le frigo. »

Elle se hâte hors de la pièce. Je vide ma bouteille d'une traite et m'éclipse à sa suite tandis que Jeanne, cernée par les garçons, s'enfonce dans le sofa.

8.

17 h 50. Avenue Bugeaud.

Adossée contre l'évier, les mains sur les hanches, Charlie me foudroie du regard. Je repousse la porte de la cuisine.

« Mais qu'est-ce que vous foutez ? Vous êtes venues pour l'apéro ?

— Non, bien sûr, mais je vois pas comment on va s'y prendre. Je pensais pas que…

— Je ne quitterai pas l'appartement, m'interrompt-elle, avant d'avoir démêlé cette histoire de serpents. Et j'ai pas envie d'y passer la nuit. »

Le réfrigérateur s'ouvre dans un bruit de succion. Charlie en sort deux bières, me demande mon briquet, mais j'ai oublié de le réclamer à Alice hier soir. J'explore les placards en quête d'un décapsuleur autant que de réponses. Leur contenu est désespérément quelconque.

« Donc c'est quoi ton plan, Fantômette ? Passer par les conduits d'aération ? Endormir Raf et Axel au Rohypnol ? »

Charlie esquisse un sourire. Ce que j'ai pris pour une attaque n'était qu'un appel à l'aide. Je lui tends l'ouvre-bouteille.

« La situation va devenir impossible une fois que Mathis aura rappliqué. On pourra plus rien fouiller avec les trois garçons dans l'appart.

— On abandonne ? s'offusque-t-elle.

— Mais non. Au contraire, allons voir le bureau dès maintenant. Y a rien d'intéressant par ici de toute façon.

— T'as raison ! Et puis au pire, on risque quoi ? »

Bien trop à mon goût, mais je ravale mes doutes, et nous quittons la pièce. Le parquet craque malgré nos précautions. Les dionées tendent leurs mâchoires vers mon visage. Je les sais prêtes à mordre ; Rafael a amorcé leur piège. J'ai atteint le milieu du couloir lorsqu'un vrombissement lacère l'espace. La sonorisation vomit des applaudissements, un décompte, le mugissement des moteurs. Des lumières giclent contre les murs ; les garçons ont allumé la PlayStation. Ils ne me prêtent pas la moindre attention quand je zyeute le salon. Jeanne, en revanche, fait mine de se lever. Je l'en dissuade d'un geste. Surveille les autres, lui intimé-je en silence. Charlie a déjà rallié le bureau et j'abandonne Jeanne pour la rejoindre.

Rien n'a changé en dix ans. À l'école déjà, je suivais la blonde, et la rousse restait en retrait. Charlie se noyait dans une activité frénétique. Elle acceptait toutes les sorties, toutes les expériences. Ses mantras, *You Only Live Once*, le *Carpe Diem* d'Horace, m'évoquaient ceux des Skyblogs de mon adolescence. La mise en scène permanente de son inconséquence m'agaçait, mais je craignais trop de manquer quelque chose pour quitter son sillage. Le lendemain, nous enjolivions nos péripéties. L'admiration de Jeanne justifiait nos nuits blanches.

L'exploration urbaine s'est démocratisée à cette époque-là. La gratification d'un diminutif attestait de sa popularité. Les aventuriers en herbe fleurissaient de toutes parts. Même Axel se targuait de ses expéditions. Charlie, sans surprise, a voulu en être et nous nous sommes mises en quête d'un spot d'urbex. Le parc d'attractions désaffecté de Malmö, l'ancienne centrale électrique d'un *kombinati metalurgjik* albanais et les friches industrielles lombardes arrivaient en tête de liste. Hong Kong présentait le double intérêt d'accueillir Mathis et les ruines d'un théâtre, mais Axel a balayé nos hésitations d'un geste.

« Oubliez toutes ces conneries. Vous êtes des novices. Allez à Krampnitz. »

L'Allemagne, donc. La caserne de Krampnitz avait accueilli les élèves cavaliers avant d'être investie par les communistes à la fin de la Seconde Guerre mondiale. Depuis leur départ, ses quatre-vingt-cinq hectares baignaient dans leur jus. Quentin Tarantino y aurait tourné des scènes d'*Inglourious Basterds*. La double influence nazie-soviétique attirait un défilé continu de photographes amateurs et de néo-conquistadors. Axel promettait une exploration facile ; lui-même l'avait effectuée un lendemain de Berghain, en baskets et en solitaire. C'était le compromis idéal pour assouvir notre soif de sensations fortes à moindres frais. Il s'est fendu d'un ou deux conseils pratiques avant de nous souhaiter bon voyage. Jeanne elle-même s'était laissé tenter. Comme toujours, Axel se montrait convainquant.

Nous avons réservé un vol EasyJet et nous sommes envolées toutes les trois pour Berlin. Un train de banlieue reliait la capitale à Potsdam, où nous avons grimpé dans un bus, direction Krampnitz. Tout du moins l'espérions nous ; aucun panneau ne balisait la chaussée. Charlie a requis la halte après vingt minutes d'un trajet silencieux. Nous sommes descendues au milieu de nulle part. Le bus repassait cinq heures plus tard.

« À l'assaut, satanée caserne », s'est-elle exclamée avec une détermination excessive.

Jeanne ne feignait plus même l'enthousiasme. Elle a jeté un regard inquiet de part et d'autre de la voirie.

« S'il y a une caserne quelque part... »

Les troncs longilignes des pins nous barraient la vue. Pour dissiper mon trouble, je me suis concentrée sur la logistique. Axel préconisait de franchir la clôture qui bardait la route. J'ai ausculté le grillage et effectivement, à l'endroit indiqué, un trou éventrait l'enceinte. Sa présence m'a rassurée. Nous retrouvions un terrain connu. Charlie s'est engouffrée dans la brèche, comme d'habitude je l'ai suivie, et Jeanne, qui ne tenait pas à demeurer seule, a vidé la chaussée à son tour.

Une centaine de blocs de béton composaient le site. Fichés au milieu des arbres, ils semblaient tout droit sortis de terre. Branches et racines défonçaient leurs murs sans qu'il soit possible de déterminer laquelle, de la ville ou de la forêt, avait éventré l'autre.

Nous avons débuté l'exploration au hasard. Les portes que nous ouvrions tour à tour révélaient les vestiges d'une cantine, d'un dortoir ou d'une salle de bains. Le gymnase et un terrain de basket satisfaisaient aux velléités sportives des habitants. Le casino trônait au sommet de la pyramide de Maslow. Quelqu'un avait cloué sa porte et j'ai envié Axel, qui, lors de sa visite, avait pu admirer les fastes de ses plafonds.

Nous nous sommes rabattues sur les espaces accessibles. Les reliques que les locataires avaient abandonnées dans leur fuite pimentaient l'inspection. Sous l'escalier gisaient d'immenses rangers. Dans un bureau, une veste militaire alourdie de galons. Des couverts gravés de symboles cyrilliques rouillaient entre les pavés du réfectoire. Charlie a enfilé la veste et je me suis emparée d'une fourchette en songeant que nos gestes, à eux seuls, justifiaient les restrictions d'accès aux lieux.

Notre petit pillage nous occupait si bien qu'au sortir des cuisines, Charlie et moi avions oublié toute prudence. Jeanne nous a rappelées à l'ordre, livide. Elle désignait les traces fraîches de pneus qui barraient la route.

« On rentre, maintenant, a-t-elle supplié.

— Trouillarde ! », s'est moquée Charlie.

J'ai rassuré Jeanne. Il ne s'agissait sans doute que du véhicule du vigile. Aux dires d'Axel, le propriétaire employait un gardien qui, s'il nous surprenait, nous délesterait tout au plus de quelques euros. Nous en avions budgété vingt pour ce poste. Mais un chien a aboyé, et Charlie m'a attrapé le bras. J'ai tendu l'oreille. Des cris étouffés sourdaient derrière les bâtiments. Nous nous sommes coulées jusqu'à l'intersection la plus proche tandis que Jeanne demeurait pétrifiée. Un campement sommaire s'étalait sous nos yeux. Deux types s'y battaient avec des cris d'ivrogne, ceux-là mêmes qui avaient attiré notre attention. J'ai vu briller une lame, et Charlie, terrifiée, m'a tirée en arrière. Des squatteurs. Il fallait partir. Un groupe d'adolescents avait été attaqué dans une usine désaffectée quelques jours auparavant. Le guet-apens faisait la une du JT et nous ne tenions pas à alimenter le prochain fait divers.

J'ai entraîné Jeanne vers la sortie. Nous avons dépassé le casino, contourné les dortoirs, longé la cantine, traversé le terrain de basket. Un cadavre de chien pourrissait dans un plan d'eau. La nausée m'a prise à la gorge. Nous jouions à nous faire peur, et nous avions réussi.

Le bus est réapparu une heure plus tard. Frigorifiées, hagardes, nous sommes montées à son bord sous l'œil las du conducteur, qui ramassait chaque week-end les touristes en mal d'aventure.

Le soir venu, blottie dans la chaleur de notre AirBnB, j'ai effectué une rapide recherche sur la caserne. Les témoignages ont éclaté à l'écran. Des blogs côtoyaient des vidéos YouTube alarmistes. « Urbex, rencontre glauque en sous-sol », « La peur de ma vie à Krampnitz », « 5 vidéos d'urbex qui ont mal tourné (police, drogue, agression) ». L'un des sites prodiguait les mêmes conseils qu'Axel. Tout y était : les cavaliers allemands, *Inglourious Basterds*, les plafonds du casino. J'ai compris qu'il n'avait jamais visité la caserne. Axel nous avait envoyées au casse-pipe pour quelques minutes de gloire et j'ai haï sa suffisance, son aplomb. Jamais plus, me suis-je promis, je ne lui accorderai ma confiance.

Krampnitz a été notre première et unique tentative d'exploration urbaine. Charlie s'est cantonnée à ses terrains de prédilection après ça, des vols mineurs, des plans cul foireux, ses engagements écolo-gauchistes. J'ai continué de la suivre, et Jeanne de recueillir nos récits, mais quelque chose sonnait faux. Elle ne nous enviait pas. Là où nous pensions lui faire l'aumône de nos péripéties, c'était elle, magnanime, qui nous concédait son écoute. Charlie se montrait insatiable. Je traquais le moindre signe d'acceptation sociale. Jeanne ne désirait rien de tout cela. J'ai ressenti un pincement au cœur et pour la première fois, je l'ai enviée.

« Hey, Charlie. Tu te rappelles Krampnitz ? »

Elle déambule dans le bureau. Quelqu'un a déplacé les meubles depuis hier. Le canapé sur lequel dormait Mélanie a disparu, tout comme les vestiges du cadenas qui restreignait l'accès à la pièce.

« Bien sûr, chuchote-t-elle. Qu'est-ce qu'on s'est marrées quand on a semé les toxicos ! »

Elle se dirige vers ce que j'ai cru être, à tort, un placard. Sa porte n'est pas verrouillée. J'actionne l'interrupteur. Une lumière froide inonde le réduit carrelé dans lequel s'entassent des cages transparentes, de mesurations égales, trente centimètres de haut pour le double de largeur. Des serpents ondulent derrière les vitres. Leurs pupilles noires brillent comme des billes de verre.

9.

18 heures. Avenue Bugeaud.

« Regarde ! murmure Charlie. Je te l'avais bien dit ! »

Elle n'ose pas pénétrer dans la pièce et observe les vivariums depuis le seuil, tressaillant chaque fois qu'un reptile glisse au creux de son enclos. J'en décompte une soixantaine. Tous semblent appartenir à la même espèce. Leur tête, large et écrasée, disparaît dans le prolongement du corps. Leur nez en trompette m'évoque le groin d'un cochon. Courts et trapus, ils manquent d'élégance et dégagent pourtant, lorsqu'ils s'animent, une grâce organique. Je m'approche de la cage la plus proche. Son locataire m'oppose une gueule béante. Deux crochets saillent du fond de sa gorge et je pense : et maintenant ? Je caresse machinalement ma cuisse.

Charlie, elle, écarquille les yeux. L'éclat des ampoules se reflète dans ses pupilles humides. J'envie l'émotion brute que lui procurent les bêtes.

« Et ça, c'est quoi ? »

Elle désigne deux classeurs empilés à même le sol. Le premier rassemble une vingtaine de feuillets d'écolier, sur lesquels s'alignent des noms, des chiffres et des dates. La calligraphie m'est familière.

« On dirait l'écriture de Mathis.

— T'es sûre ? s'étonne-t-elle. Mais qu'est-ce qu'ils font tous, ici ? »

La VMC s'enclenche. Je frissonne sous son souffle.

« C'est évident, non ? Ils élèvent des reptiles. Tiens, là. Ils doivent les vendre cent vingt euros pièce. Marc signe chaque transaction.

— Marc, Rafael et Mathis, récapitule Charlie. Axel aussi ?

— Je me suis toujours demandé comment il finançait ses montres à trois mille balles. Mais Mathis, je sais pas. Ça lui ressemble pas. »

L'opération la plus récente remonte à la veille. Son montant excède celui des marchés précédents. Mathis m'en aurait parlé, je songe en scrutant le papier, mais ces lettres nerveuses, ces courbes élancées vers la droite ne laissent aucun doute. Il s'agit bien de son écriture. Charlie s'avance entre les cages tandis que je cherche désespérément un sens à tout ça. L'un de ces serpents m'a mordue. Lorsque j'ai envoyé la photo de la plaie à Mathis, il m'a recommandé de la badigeonner de Bétadine, comme si j'étais une gamine aux genoux écorchés. Je me suis contentée de la nettoyer à l'eau et au savon. Quand bien même, un bain d'antiseptique ne fait pas le poids contre le venin d'un serpent. Ce poison coule dans mes veines depuis plus de dix-sept heures à présent, et sous l'effet de la panique, j'ai la sensation qu'à nouveau ma jambe s'enflamme, la chair me gratte à m'en arracher la peau. Je me mords la lèvre.

« Et lui ? »

Charlie désigne le second classeur. Elle répugne à y toucher elle-même, qu'une culpabilité tardive l'étreigne ou que, pragmatique, elle craigne d'y laisser ses empreintes. Je frotte frénétiquement ma cuisse et m'empare du dossier. Il compile une cinquantaine de fiches pédagogiques. Toutes portent sur l'hétérodon *nasicus* : son alimentation, sa reproduction, ses spécificités.

« L'hétérodon possède une langue bifide, je lis. Chacune de ses extrémités est reliée à une cavité distincte de l'organe chimio-sensible de Jacobson. Cela fait de lui un prédateur redoutable, capable de localiser très précisément ses proies. »

Charlie m'enjoint de baisser la voix. Elle lorgne le salon, mais personne ne vient. Les garçons sont captivés par leur partie de Gran Turismo. Je tourne les pages jusqu'à la rubrique qui m'intéresse.

« L'hétérodon *nasicus* est un opisthodonte. Ses crochets ne sont pas canulés, c'est-à-dire qu'ils ne sont pas connectés à la glande à venin. Sa morsure ouvre une brèche dans laquelle le poison s'infiltre par le biais de la salive. Le serpent à groin – c'est l'autre nom de cette espèce – n'est pas venimeux à proprement parler, mais il est très urticant. »

Ma jambe difforme confirme ces propos. Je revois les deux trouées symétriques, le sang clair et liquide, la chair boursouflée. Des crochets non canulés m'ont transpercé la peau. Les enzymes se sont diffusées dans ma chair. Je répète les termes à voix basse, opisthodonte, venin, poison, mais les mots noyés sous le ronronnement du ventilateur me semblent dénués de substance, décorrélés de toute réalité. Charlie dévisage les animaux.

« Moi, je trouve qu'ils ont l'air dangereux. »

Je poursuis ma lecture en espérant qu'elle se trompe. Peut-être devrais-je me rendre à l'hôpital.

« C'est un leurre. L'hétérodon reproduit la robe de l'un de ses congénères mortels pour effrayer ses ennemis. Il imite le *sistrurus catenatus*. »

Ma langue fourche. Le serpent à lunettes se fond parmi les serpents à groin. Les fluides qui se mêlent à mon sang renforcent notre gémellité. Charlie jette un regard distrait à la photo du funeste cousin, avant de s'en retourner aux cages.

Je me fige soudain. Un carillon vient de retentir. Dans le salon, la PlayStation se tait. Axel et Rafael échangent quelques mots. Le canapé gémit, puis le plancher. Les portes sont agencées de telle sorte qu'en s'engageant dans le couloir, les garçons disposeront d'une vue dégagée sur le réduit dans lequel nous nous tenons. Le profil de Rafael traverse l'embrasure. Je retiens mon souffle, mais comme je le craignais, il s'arrête, surpris, et je lâche le classeur.

« Éteignez cette putain de lumière ! »

Axel se rue sur l'interrupteur. Il nous attrape par le bras puis, furibond, nous traîne hors de la pièce. Je n'imaginais pas que notre intrusion déclencherait une réaction si brutale. Lui-même, gêné à présent, se balance d'un pied sur l'autre.

« L'hivernation vient de commencer », s'excuse Rafael, affable.

Jeanne se terre derrière eux. Elle, qui craint toujours de déranger, brûle de se désolidariser du groupe. À peine risque-t-elle un regard vers le réduit. La sonnette retentit à nouveau.

« Je vais ouvrir, se hâte-t-elle.

— Toi, tu bouges pas. »

Axel tourne les talons. Il remonte le couloir en pestant. Sa voix s'étouffe à mesure qu'il s'éloigne.

Après son départ, Rafael, Charlie, Jeanne et moi demeurons immobiles, silencieux dans le bureau. Aucun de nous ne sait quel comportement adopter. Jeanne sort son téléphone. Charlie fixe le sol. Rafael triture un vieux ticket de caisse. L'interroger me semble déplacé, mais je songe qu'après tout, la faute originelle lui incombe.

« Donc, Rafael, t'habites ici ? »

Ses doigts s'immobilisent. Dans l'entrée, la porte s'ouvre, puis se referme. La question vise moins à le soulager qu'à dissiper mon propre malaise, mais il apprécie le geste et me gratifie d'un sourire reconnaissant.

« C'est l'appartement de mes parents. Ils sont rentrés au Mexique et je suis resté ici avec mon frère.

— Marc ? extrapolé-je.

— Non. »

Rafael cherche ses mots. J'inventorie les explications potentielles à sa gêne – exil, fraude, drogue, protection des témoins –, tandis qu'Axel et Mathis remontent le couloir. Ils haussent la voix. Si je ne saisis pas la teneur de leur échange, la cause de leur contrariété laisse peu de place au mystère.

« Cesar, consent Rafael après un instant de réflexion, comme si cela expliquait quoi que ce soit. Mais Marc, tout ça, il n'a pas accroché. Il est parti l'an dernier.

— Il s'est enfui ? »

Rafael me dévisage sans comprendre. L'irruption d'Axel et de Mathis le dispense d'une réponse. Il se détourne de moi, Jeanne relève la tête et Charlie se presse vers Mathis.

« Quelle bonne surprise, s'exclame-t-elle, je m'attendais pas à te voir ! Ah, et hier, quelle fête ! »

L'enthousiasme qu'elle simule est disproportionné. Mathis la repousse doucement.

« Qu'est-ce que vous faites ici ?

— On est tombé sur les serpents par hasard.

— Ici, chez Raf je veux dire », corrige-t-il.

Jeanne roule des yeux. Charlie récite son texte. Elle évoque sa grand-mère, la boucle d'oreille égarée, nos recherches infructueuses, puis elle lève la main vers son lobe. Le geste m'est familier, identique chaque fois qu'elle profère son mensonge. Axel désigne vaguement ses cuisses.

« Elle est dans ta poche. »

Nos regards convergent vers les jambes de Charlie. Ramenée à la surface par ses contorsions, la breloque saille du jean. Elle rougit.

« Je viens de la retrouver. Quel soulagement !

— Dans la Reptile Room ? »

Rafael secoue la tête.

« Personne n'aurait dû ouvrir cette porte. »

Charlie bascule le crâne en arrière pour clipper la boucle à son oreille. Le fermoir claque comme un couperet dans le silence qui s'installe. À plusieurs reprises, elle réitère le geste. Chaque échec me soulage car une fois l'attache refermée, il nous restera pour seule perspective de laborieuses explications.

10.

18 h 30. Avenue Bugeaud.

Contre toute attente, Mathis reprend la parole.

« Bon. On se le boit, ce champagne ? »

Son intervention allège immédiatement l'ambiance. Axel se détend. La bouteille provient du même domaine que celle que nous avons bue chez Charlie hier, si ce n'est qu'il s'agissait d'une cuvée classique et que celle-ci porte un millésime. Rafael disparaît en cuisine. Je l'entends verser des fruits secs dans un ramequin. Une porte claque, des verres tintent et Axel nous entraîne au salon.

« On fête quoi ? » s'enquiert Jeanne tandis qu'il fait sauter le bouchon.

Elle décline la coupe qu'il lui tend. Mathis taquine Charlie sur ses atours de bourgeoise. Dans un éclat de rire, elle le supplie de ne pas ébruiter cette entorse à ses principes. Leur insouciance à tous me sidère.

Charlie voulait confirmer ses doutes : nous avons trouvé les serpents. Hier, je suis rentrée la cuisse en sang, la peau chancie de venin. Ils rigoleraient moins si j'ouvrais les cages et qu'à leur tour ils sentaient leurs membres pulser et gonfler et blêmir.

J'apostrophe Rafael : « C'est légal, votre affaire ?

— Tout dépend si tu respectes les quotas fixés par la législation. On a commencé un peu à l'arrache. Mes parents avaient un CDC. Ça suffit pour se donner bonne conscience, pas pour rentrer dans les clous. »

J'ai la sensation d'entendre parler une langue étrangère.

« Un CDC ?

— Un certificat de capacité. Il y a une palanquée d'autorisations et d'obligations qui régissent la captivité des animaux exotiques. Le CDC ne s'applique qu'à leur détention. En réalité, il nous faudrait une AOE. Une autorisation d'ouverture d'établissement, précise-t-il devant ma mine ébahie, pour leur élevage, leur reproduction et leur vente. »

Rafael décortique une poignée de pistaches. Lorsqu'il bute contre une coque récalcitrante, il la repose dans le plat et l'échange contre une autre. J'observe son manège. Je l'écoute, et tout semble étonnamment simple. J'aimerais que Mathis évoque ma blessure mais il se chamaille avec Charlie, qui accapare son attention.

« Donc si j'ai bien compris, glousse-t-elle en repoussant Mathis, vous élevez et vous vendez des serpents.

— Ouais, se targue Axel. Ça rapporte un max. »

Bras croisés sur sa poitrine, le regard fier, il nous toise comme pour nous défier de l'arrêter. Sa posture trahit l'influence des films d'action américains. Mathis rehausse le niveau de nos coupes, puis de la conversation.

« Les serpents à groin ne tombent sous le coup du CDC que depuis deux ou trois ans. Tout ça, c'est de la tambouille administrative. Ils sont inoffensifs, assène-t-il sans un regard pour moi.

— On risque rien, renchérit Axel. L'an dernier, un gars s'est fait prendre avec cent soixante reptiles dans le Calvados, des boas arc-en-ciel, des couleuvres molures et des tortues invasives. Il s'en est tiré pour une peine symbolique. Sans parler de la saisie dans le F4 du peintre ukrainien. »

J'ignore ce à quoi ils font référence. Mathis raconte.

« La police est descendue dans une tour à Villiers-le-Bel. Ils ont trouvé des boas constrictors, des varans, des geckos, des *tegus*, des *pogonas*, des tortues, des mygales… Le type avait installé des vivariums de fortune dans chaque recoin de l'appartement. La moitié des pythons étaient en détresse respiratoire, couverts de parasites, avec des infections de la peau. Le proprio s'est laissé déborder comme un bleu. Il a pris que dalle, dans les cinq mille balles d'amende.

— On devrait se payer un boa ! » s'excite Axel.

Mathis me propose des pistaches. J'en attrape une poignée, mais il s'agit des rebuts de Rafael, et les coques sont impénétrables. Charlie a sorti son téléphone pour étayer le fait divers de Villiers-le-Bel. La légèreté du blâme écœure les internautes. *Fermez les animaleries, que ces sauvages se fassent bouffer par leurs serpents*, s'insurgent-ils, tandis qu'un autre conclut : *je vais sortir mon gros python, ça va les calmer*. Des remontées acides de champagne me brûlent la gorge.

« Hier soir, se félicite Axel, on a refourgué trente individus à un type. C'est notre plus grosse vente. »

Je m'étouffe avec la boisson.

« Pendant la fête ? »

Il lève les yeux au ciel.

« Oui, il a rempli son attaché-case de reptiles entre deux toasts d'anchoïade.

— On vend des juvéniles à naître, pas des adultes, explique Rafael. Il a passé commande. On les lui livrera cet été. »

Ces révélations braquent sur mes souvenirs de la soirée un éclairage nouveau. Les garçons ne s'adonnaient pas à l'exercice social, mais aux affaires, et derrière les portes closes, ils ouvraient des cages, soupesaient les bêtes, négociaient les lots. Des invités devaient être dans la confidence. Faute de démenti, tous prennent des allures de caïds en col blanc. Alice figure la mère maquerelle en charge du coït des reptiles, Johan l'homme-à-tout-faire et les autres, ces comptables minables qui comparaient le montant de leurs Tickets Restaurant, les trésoriers du réseau clandestin.

« Vous les entassez dans des cages minuscules », s'offusque Charlie.

Évidemment, il fallait qu'elle la ramène avec sa fibre écoresponsable.

« Les serpents préfèrent les environnements confinés, se défend Mathis. Des terrariums collectifs de soixante sur quarante, avec un point chaud à vingt-neuf et un point froid à vingt-deux degrés, c'est l'idéal. Faut pas croire, on les choie ! Rafael checke le thermostat deux fois par jour.

— Tu m'as convaincue. J'emménage dans votre palace ! »

Elle s'esclaffe. Mathis lui tape sur l'épaule. Leur connivence m'exaspère, et pour la contrebalancer, je l'interpelle à mon tour.

« Alors c'était ça votre grande annonce hier ? Vous vouliez nous montrer vos serpents ?

— Oui. Mais une fille a ouvert une cage, et plusieurs personnes se sont fait mordre. Axel a rencontré ce boulet sur Tinder », accuse-t-il en le fusillant du regard.

Axel mime un vomissement. *Plusieurs personnes se sont fait mordre.* À nouveau j'attends un geste, une parole, mais cette fois encore, rien ne vient. J'ai adressé à

Jeanne et à Charlie la même photo qu'à Mathis. Comment peuvent-elles ne pas faire le lien ?

« On avait prévu toute une mise en scène, regrette-t-il. Vous les auriez vu gober des souris. La chasse, c'est vraiment impressionnant. »

Pour illustrer ses propos, Axel déroule la vidéo d'un repas filmé dans le réduit. Une souris a été embrochée sur une perche. Le serpent s'en désintéresse tout d'abord puis, après quelques secondes d'une observation minutieuse, il fuse et attaque. Ses crochets transpercent la chair. Le rongeur enferré dans l'œsophage du prédateur s'enfonce un peu plus à chaque secousse. Sa queue seule dépasse bientôt de la gueule aplatie. On devine, sous les écailles son corps, l'excroissance de ses pattes, le relief de son crâne. Ensuite, les aspérités s'atténuent. Le boyau retrouve sa forme oblongue. De la souris il ne reste rien, et j'ai le sentiment d'être moi aussi une proie solitaire, prise au piège, dépecée dans l'indifférence générale.

« Qui veut de ça à la maison ? blêmit Charlie.

— T'en reviendrais pas, sourit Mathis. Les bons pères de famille se refilent le tuyau pour se taper leur bouffée d'adrénaline à moindre coût.

— À chaque fois c'est le même cirque, rigole Axel. Ils parlent de l'entretien, de la longévité, mais c'est du chiqué. Y a que la symbolique qui les intéresse. Le serpent, c'est la puissance, le péché, le sexe. Ils prendraient un clébard sinon. »

Je rougis.

« Et le type d'hier, celui qui en a acheté trente ?

— Un revendeur. On se focalise sur la reproduction.

— La demande explose, se réjouit Axel. Cette portée sera cruciale. Vous avez failli tout foutre en l'air avec vos conneries. »

Depuis quelques jours, Rafael ajuste les paramètres pour favoriser l'entrée en hivernation des serpents. Il a réduit leur alimentation, l'éclairage et la température de la pièce. Le protocole requiert la plus grande précision car si tout est conforme, à leur réveil, les bêtes s'accoupleront. Les femelles stockent le sperme jusqu'à plusieurs mois après la copulation. Certaines développent les portées simultanées de plusieurs géniteurs. L'ovovivipare contrôle sa date de fécondation grâce à ce mécanisme pour, au moment opportun, entamer sa mue, ovuler et relâcher une poignée d'œufs translucides, tachés d'un œil rouge.

« On table sur une centaine de naissances pour l'été, compte Mathis. Avec les pertes. »

Rafael confirme le calcul. Il a tapé les chiffres sur son téléphone, du même modèle que le mien, et je repense au moment où je l'ai trouvé hier sur le radiateur du bureau. Jeanne conseille de réparer le verrou. Charlie pose deux ou trois autres questions, mais tout a déjà été dit. Le nouveau visage que m'oppose Mathis demeure l'information la plus difficile à assimiler.

Aussi, lorsqu'il se lève, la bouteille de champagne à la main, je m'engage derrière lui. Il semble surpris de me voir débarquer dans la cuisine.

« Tu cherches quelque chose, Léo ?

— Non, pas vraiment. Quelle histoire, quand même !

— Il a fallu des années pour en arriver là. Raf est impressionnant. »

Mathis vide les dernières gouttes du champagne dans l'évier. Il jette la bouteille à la poubelle, et j'éprouve le besoin viscéral de prolonger ce moment. Je m'appuie contre le plan de travail.

« Vous avez commencé quand ?

— Juste après notre entrée en école de commerce. Raf et Cesar, son frère, voulaient qu'on s'associe. Au début c'était presque une blague, Axel et moi on n'y connaissait rien. Tout est mieux maîtrisé maintenant. On gère l'élevage avec Raf depuis que Cesar est rentré à Guadalajara. Je savais que vous vous entendriez bien, ajoute-t-il.

— Et Marc, dans tout ça ? »

Mathis me toise, perplexe.

« Mais t'as pas compris ? Marc n'existe pas. On l'a inventé parce qu'il nous fallait un prête-nom pour nos transactions. Mathis, Axel, Raf et Cesar, M-A-R-C. Ça fait dix ans. C'était ça l'anniversaire, les dix ans de Marc. Axel avait parié que vous pigeriez rien. J'en reviens pas qu'il ait vu juste. »

Il ouvre la porte du réfrigérateur.

« Tu aurais dû m'en parler.

— Personne n'était au courant. C'est dingue quand on y pense. Hier, la moitié des invités a signé une carte d'anniversaire pour un type qui n'existe même pas. Tu veux une bière ?

— Non. Tu te rends compte que l'un de tes serpents m'a mordue ? Ça aurait pu mal finir ! »

Les larmes me montent aux yeux.

« Je sais, j'ai capté quand tu m'as envoyé la photo. Mais t'inquiète, c'est rien. Déjà dans leur habitat naturel, ils sont à peine urticants, alors en captivité, gavés de cuisses de grenouilles surgelées, ils deviennent carrément inoffensifs. Le serpent va rester traumatisé un bon moment en revanche, soupire-t-il. Raf l'a retrouvé terré sous le canapé. Pauvre bête. »

Mathis attrape une bouteille d'IPA. La capsule ricoche contre la crédence, et chaque geste précipite le compte à rebours. Je ne suis qu'une victime collatérale de ses négligences de la veille. Bientôt, nous quitterons la cuisine pour rejoindre les autres. Il ne m'offrira ni excuse, ni soutien. Alors sans réfléchir, comme pour invoquer le temps béni de l'école, celui de notre entente, je m'approche et l'embrasse. Sa barbe me râpe les joues. Il pue le tabac froid.

Mathis recule d'un pas.

« Mais à quoi tu joues, Léonore ? »

La distance physique est négligeable au regard de celle que creuse mon prénom, prononcé tel quel, formel, entier.

« Pardon, je… je pensais que... »

Les mots me manquent. Je repense à sa complicité avec Charlie, à sa fascination pour Alice, au trafic qu'il conduit avec Raf et Axel, à toutes ces relations qui m'excluent. Il n'y a pas de place pour moi dans sa vie. Plus rien, sinon de vieilles attaches qui s'étiolent, et l'abrupte réalité. Impossible de retourner au salon après ça. Je voudrais disparaître sous terre ; mais les trois étages, les couloirs du métro, le fouillis des égouts qui gîtent sous mes pieds rendent l'affirmation ridicule. Mathis balance sa bière d'une main à l'autre. Il jauge la dureté de ses mots et lorsqu'enfin il relève les yeux, la bouteille lui échappe et explose au sol.

Je m'enfuis en courant.

11.

19 h 30. Avenue Bugeaud.

Il pleut sur l'avenue Bugeaud. À ma hâte de quitter les lieux s'opposent la traîtrise des flaques, les pavés humides, les baleines des parapluies des passants. Mes bottines glissent contre le goudron. Ma robe traîne sur le bitume, l'eau gorge le tissu à mesure que j'avance. *Qu'est-ce qu'on attend pour être heureux ?* m'assaille Misraki au numéro 35. Au 34, les drapeaux nicaraguayens fendent le ciel. L'ambassade jouxte l'ancien Skating Palais, un cercle de patinage autoproclamé, au XIXe siècle, le plus grandiose du monde. Rien ne subsiste plus de ses fastes. La locataire du numéro 3, Joséphine Getting, a été déportée et assassinée à Auschwitz. Le convoi funéraire d'Henri Rochefort s'est élancé du numéro 1. Une carcasse de hérisson gît dans le caniveau de ce funeste endroit.

Pour la seconde fois ce week-end, j'ai quitté l'appartement seule et bouleversée. Mathis n'a pas tenté de me retenir. J'ai rassemblé mes affaires, j'ai ouvert la porte puis, sans me retourner, j'ai envoyé valdinguer le battant. Les murs ont tremblé. L'acte était dramatique, à la hauteur de la rancœur qui m'anime, sans que cette adéquation m'apporte le moindre soulagement.

J'accélère la foulée. Chaque pas m'éloigne des autres, de cette version de moi qui s'est catalysée chez Rafael, et qui m'est étrangère. La fatigue et l'alcool ont fait ressurgir une nostalgie stupide. L'eau qui bat mon visage m'ouvre les yeux. Qu'est-ce qui m'est passé par la tête ? Mathis et moi partageons tout au plus de lointains souvenirs, le stupre de la chair, des coïts avinés qui ne valent presque rien. Je songe aux ambitions qui l'habitent, à son obsession de l'apparence. Il raille les bimbos d'Instagram alors même qu'il évolue en constante représentation. Mathis navigue, hypocrite, tandis que je me noie, et soudain la comédie m'apparaît dans toute son inanité. Nous sommes des inconnus l'un pour l'autre. Nous échangeons des captures d'écran comme si trois pouffiasses à poil sur Instagram pouvaient signifier quoi que ce soit. Nos secrets n'ont pas la moindre valeur ; pour peu que secrets il y ait. « Sois pas jalouse », disait Axel, ou encore « les contacts de Mathis, ça te connaît » et je comprends qu'il sait tout, tout depuis le début.

La lucidité me donne des ailes. Sur la place Victor-Hugo, les badauds se pressent sous les stores. Le vent s'est levé, la pluie tombe drue et, dégoulinante, je fends leurs rangs jusqu'à la bouche du métro. Mes chaussures claquent si fort contre le sol que l'eau s'infiltre au travers des semelles. Mathis et Axel n'ont qu'à aller se faire foutre, avec leurs serpents à la con. Je débloque le portique d'un coup de la hanche, débouche dans la station et éponge mon front d'un geste. L'escalier défile au rythme de cet inventaire. Jeanne et Charlie ne me sont d'aucun secours. Mélanie et Stéphane m'inspirent le plus grand mépris. Quant à Alice et Johan, ils peuvent bien rester dans leur entre-soi pathétique. Qu'ils aillent tous brûler en enfer et Marc le premier, ce putain d'ectoplasme qui n'existe même pas, qui m'a humiliée.

Les panneaux publicitaires exhibent leurs affiches pelées. Elles frémissent lorsque le métro entre en gare. Parmi les lambeaux, je reconnais la réclame du comparateur de vols, *heureux qui comme Ulysse a fait un beau voyage.* J'ai soudain très froid. La viscose humide, glaciale de ma robe colle contre mes collants. Les mêmes rengaines tournent en boucle sous mon crâne. *Heureux qui comme Ulysse a fait un beau voyage. Qu'est-ce qu'on attend pour être heureux. Vous pouvez laisser une plus belle trace sur terre.* Je grimpe dans le wagon. Le reflet de mon visage se superpose aux slogans contre la vitre sale et le train quitte la station.

Si j'attends quelqu'un pour être heureuse, il ne peut s'agir que de Gaël. Je ne lui ai pas écrit de l'après-midi. Je n'ai pas pris de ses nouvelles et ne lui ai pas donné des miennes. J'allume mon téléphone. La lumière de l'écran figure ma rémission.

[À Gaël] : Je rentre. J'arrive d'ici une grosse demi-heure. Je t'aime.

L'acte rend à mes gestes un semblant de cohérence. Il fallait prévenir Gaël, je l'ai fait, et le soulagement m'envahit. Du plat de la main, je lisse le tissu de ma robe. Les plis s'effacent, comme s'ils n'avaient jamais existé. Lisser, effacer, oublier. Mon regard dérive vers la fenêtre, mais bientôt le défilement des parois me donne mal au cœur. Je rallume mon portable. L'icône de la boîte de réception clignote. Trois messages y patientent. Leur contenu ne peut m'atteindre tant que je ne les ouvre pas, je songe, mais station Monceau, la curiosité l'emporte.

[De Mathis] : Reviens, faut qu'on parle.

[De Stéphane] : Moi aussi je suis content de t'avoir vue. On prend un café bientôt ?

[De Jeanne] : Appelle-moi.

Nous nous engageons dans un virage. Les ampoules grésillent. J'ignore les mots masculins, et je rappelle Jeanne.

« Léo ? T'es où ? chuchote-t-elle.

— J'ai dû partir. Gaël m'attend pour dîner. Et toi ? Tout va bien ? »

L'obscurité s'abat sur le wagon. Au bout du fil, Jeanne renifle. J'entends des rires étouffés. Elle a dû quitter le salon pour se réfugier à l'écart.

« Je suis dans la cuisine. C'est à propos de Ben. Je… encore.

— Dis-moi.

— Son appel, cette nuit, c'était une blague. Il s'est bien foutu de moi. On s'est pas remis ensemble. Je… je crois pas qu'on ait jamais été ensemble.

— Je suis désolée. Je sais pas quoi dire.

— Moi non plus. »

Jeanne réprime un sanglot. Je n'ose pas rompre le silence qui s'installe.

« Je t'entends mal, se méprend-elle.

— J'ai rien dit. Pardon.

— Il y a comme un bruit de fond.

— C'est le métro. »

Le silence, à nouveau.

« Je te rappelle plus tard, d'accord ?

— Dis-moi, Léo, il s'est passé quoi avec Mathis ?

— Rien. Absolument rien. Pourquoi ?

— Comme ça. Il est bizarre. Il te cherchait.

— D'accord.
— Bonne soirée, alors.
— Bon courage. Et encore désolée. »
Je raccroche. Gaël m'attend pour dîner.

À la fin notre premier rendez-vous, il m'a lancé ce défi : « Je crains que cela ne vaille pas le coup ». Je lui ai promis qu'il ne pourrait plus se passer de moi s'il nous donnait une chance. À l'origine, il ne s'agissait que d'égo. Je voulais que Gaël m'apprécie, qu'il m'aime plus que Yasmine. Mes arguments se sont révélés si bons qu'ils m'ont convaincue à mon tour. Je me suis attachée à lui, et nos premiers mois ont été idylliques. Nos messages ricochaient de Paris à Senlis lorsqu'il allait pédaler le dimanche. Il regrettait la crevaison d'un pneu et je plaisantais : *c'est parce que tu portes tout le poids de mon amour*. Quand en son absence, j'avouais m'ennuyer un peu, il me rassurait : *qu'importe tant que nous ne nous ennuyons pas l'un de l'autre.*

Ensuite, nous avons emménagé ensemble. Mathis est rentré de Hong Kong, Charlie s'est proclamée polyamoureuse, et notre lune de miel a pris fin. Les mauvaises herbes ont proliféré dans le terreau fertile du quotidien. Ce n'est rien de grave, un *bonne journée ?* automatique dont je n'écoute plus la réponse, une anecdote que je raconte à un autre plutôt qu'à lui, ces soirées que je préfère passer avec mes amis. Lorsque je rentre tard, saoule des excès dans lesquels ils m'entraînent, Gaël veille sans mot dire et nous nous endormons dos à dos. Nos disputes, qui n'en étaient pas vraiment, le sont devenues. L'ivresse des débuts s'est teintée d'une aigreur de vinaigre. Nos amours s'oxydent comme les bronzes par le temps.

La rame déboule à l'air libre. Je n'éprouve plus de rancœur, juste la conscience du gâchis. Gaël seul m'importe à présent. Les autres me déçoivent tellement. Notre amitié repose sur des chimères, quelques fêtes alcoolisées, des vannes que l'on réitère encore et encore après dix longues années. Je mesure la distance qui nous sépare tandis que le métro ralentit à l'approche de Barbès. Je ne peux compter que sur Gaël, l'unique à se soucier de moi.

Les portes s'ouvrent, deux adolescentes me bousculent et je quitte le wagon dans leur sillage. Dehors, les passagers se dispersent. Le quai nu s'offre à moi, une page blanche. Un nouveau départ. Voilà ce dont j'ai besoin. Je rappelle Jeanne, qui ne me répond pas. Puis Yasmine, qui me raccroche au nez. Il est 19 h 55. Je compose le 17.

L'opératrice du service d'accueil de la police a la voix grave et puissante. Elle s'enquiert du niveau d'urgence de mon appel. Il m'apparaît extrême, mais je l'indique modéré, et elle me met en attente. J'en profite pour polir mon discours. À 19 h 58, un homme reprend le combiné. Je lui débite ma tirade, l'élevage clandestin de reptiles dont j'ai eu connaissance, avenue Bugeaud. Je m'inquiète de la menace que fait peser cette installation sur la sécurité des riverains. Lorsqu'il me demande mon nom, j'hésite un court instant.

« Brown. Mélanie Brown, comme la Spice Girl. J'ai connu le propriétaire sur Tinder. Il m'a invitée chez lui hier soir, un serpent m'a mordue, ma main est toute boursouflée. Je crois bien qu'ils sont venimeux. »

Le type pose quelques questions auxquelles Mélanie échoue à répondre. Elle jubile lorsqu'il l'encourage à se rendre aux urgences. L'homme s'engage à effectuer un signalement auprès de la Direction départementale de la protection des populations. Mélanie le remercie.

Épilogue

21 h 30. Boulevard de Magenta.

Il fait nuit noire à présent. Dehors, et je le vois au travers des fenêtres du premier étage, un flot continu de véhicules patauge sur l'avenue. La pluie résonne contre les carrosseries. Des deux-roues trempés grimpent sur les trottoirs. Un taxi klaxonne le bus d'un voyagiste qui déboule sur le carrefour. Au printemps, les touristes éclosent à son bord comme pâquerettes au soleil, les bras pâles, le crâne chapeauté d'un bob jaune. Ce soir la terrasse est déserte. L'eau ruisselle sur les sièges de plastique vides. On dirait que le bus pleure la perte de ses visiteurs.

« À quoi tu penses, ma chérie ? »

Gaël passe son bras par-dessus mes épaules. J'aimerais me laisser couler sur la chaussée comme ces automobiles à la dérive.

« Rien d'important.

— Pas trop déçue, pour ton portable ?
— J'en achèterai un autre. »
Il resserre son étreinte. Je m'abandonne contre lui.

L'écran de mon téléphone a explosé en mille aiguilles de verre lorsque je l'ai précipité sur les rails. Il gît station Barbès-Rochechouart, éteint à jamais, mes mensonges disparus avec lui, le rejet de Mathis, la sollicitude de Stéphane, les reproches de Yasmine, mes comptes Instagram.

Les reptiles abandonnent leur mue derrière eux et, allégés de leur enveloppe, poursuivent leur route, plus forts et plus fragiles à la fois.

FIN

Remerciements

À Isaure, Brigitte et Xavier pour vos lectures,
À Adeline Fleury pour tes conseils,
À Marie Grée pour ta confiance,
Au lecteur #10 de l'école d'écriture Les Mots pour m'avoir suggéré le titre de ce roman,
À Édouard,
À bébé Théophane.

Bouquins roman

Anouchka d'Anna, *Hunter et ses Mickeys*
Erwan Barillot, *Moi, Omega*
Sébastien Bohler, *Création*
Jordi Bonells, *Triptyque argentin*
Tiphaine du Boÿs, *Les Invités de Marc*
Quentin Bruet-Ferréol, *Dieu est un voleur qui marche dans la nuit*
Dorothée Caratini, *Traverser la foule*
Martin Carnoy, *La Vie mouvementée de Michał K.*
Victor Dumiot, *Acide*
Sara Freeman, *Marées*
Valerie Fritsch, *Les Insuffisances du cœur*
Yasmine Ghata, *Le Testament du prophète*
Jean-Marie Gourio, *2 grammes 40*
Tessa Hadley, *Free Love*
Jean-René Huguenin, *Les Enfants de septembre*
Antoine Mesnier, *Bon anniversaire, Antoine !*
François Parrot, *Un hiver à Tanger*
Marc Sadoun, *L'Enfant de l'entre-deux*
Ayşegül Şavaş, *Transparence de la lumière*
Théo Veillon, *Ceux de l'intérieur*

La photocomposition de cet ouvrage
a été réalisée par
GRAPHIC HAINAUT
76, rue de Nancy
59100 Roubaix

Imprimé en France par
CPI Firmin-Didot
en novembre 2023

#lisez ! engagé
www.lisez.com
Pour plus d'information :
Imprimé sur du papier issu de forêts gérées durablement.

N° d'édition : 66570/01 – N° d'impression : 175812